DICHT BIJ GELUK

Olga van der Meer

Dicht bij geluk

VCL serie

ISBN 978 90 5977 483 4
NUR 344

© 2010, VCL-serie, Kampen
Omslagillustratie en -ontwerp: Bas Mazur
www.vclserie.nl
ISSN 0923-134X

1

Opnieuw schalde de bel door het huis, extra lang dit keer.

'Jaja, ik kom al!' riep Bianca Verbrugge terwijl ze haastig naar de voordeur liep. Een lok haar plakte op haar bezwete voorhoofd.

'Gefeliciteerd!' klonk het tweestemmig vanaf de stoep. Dianne van Soest en Vivienne Mulder keken haar lachend aan, allebei met een fles wijn in hun handen.

'Zo, hebben jullie je eigen voorraad maar meegebracht?' vroeg Bianca lachend. 'Waren jullie bang dat er niet genoeg in huis is?'

'Met jou in de buurt weet je het maar nooit,' kaatste Vivienne terug. Ze omhelsde haar vriendin hartelijk. 'Nogmaals van harte. Een kwart eeuw op dit ondermaanse, hoe voelt dat nou?'

'Oud,' grijnsde Bianca.

'Oud genoeg om eindelijk eens uit te vliegen,' bemoeide Annemie Verbrugge, Bianca's negentienjarige zus, zich ermee. 'Dan krijg ik jouw kamer tenminste, die is een stuk groter dan de mijne.'

'Geduld, zusje, geduld. Nog een halfjaar ongeveer,' zei Bianca daarop.

'Echt waar?' vroeg Dianne verrast. 'Dus dat appartement gaat door?'

Bianca knikte trots. 'Ik heb vanmiddag alle papieren getekend. Zodra dat appartementencomplex opgeleverd wordt, ga ik verhuizen.'

'Fijn voor je. Nog een reden voor een feestje dus,'

meende Vivienne schaamteloos.

'Waarom denk je dat ik juist op mijn verjaardag dat contract heb getekend? Ik ken jullie en wist dat jullie er een feestje uit zouden willen persen. Nu sla ik twee vliegen in één klap, dat is veel goedkoper.'

'O, je gaat nu dus op je centen zitten?' begreep Vivienne.

'Natuurlijk. Tenslotte krijg ik heel wat kosten aan de inrichting straks,' knikte Bianca.

Ondertussen liepen de drie vriendinnen de ruime huiskamer van de familie Verbrugge binnen, waar het al aardig vol zat met diverse familieleden en kennissen. Emma Verbrugge, de moeder van het gezin, liep heen en weer met koffie en gebak. Ze zette echter direct het dienblad neer toen ze Dianne en Vivienne ontwaarde. Allebei kregen ze drie warme, liefdevolle zoenen van haar.

'Fijn dat jullie er zijn,' zei ze hartelijk. 'Is Steven niet meegekomen?' Daarmee doelde ze op de vriend van Dianne, met wie ze sinds kort samenwoonde.

Dianne schudde haar hoofd. 'Hij is met een opkomend griepje zijn bed ingedoken,' antwoordde ze.

'Moest jij dan niet bij hem blijven, als zijn liefhebbende verpleegster?' grinnikte Annemie.

'Dat heb ik nog wel voorgesteld, maar hij wilde alleen maar slapen. Om nou de hele avond naast hem te zitten om te kijken hoe hij slaapt, vond ik een beetje ver gaan.'

'Het zou natuurlijk ook onmogelijk zijn als jij hier vanavond niet aanwezig was,' meende Bianca. 'Het is geloof ik nog nooit voorgekomen dat een van ons drieën niet op de verjaardag van een van de anderen was.'

'In ieder geval niet sinds ons zesde,' was Vivienne het met haar eens.

'Jullie vormen dus zo'n berucht driemanschap?' vroeg

Bo Verbrugge op licht cynische toon. Zij was het nichtje van Annemie en Bianca. Het contact tussen hun vader en die van Bo, twee broers, was al jaren geleden verbroken, maar sinds kort woonde Bo in deze stad en had ze hen opgezocht. Ze was direct hartelijk in de schoot van de familie opgenomen, zoals ook alle vrienden en vriendinnen van hun twee dochters en hun zoon Arnoud.

'Wij zijn altijd onafscheidelijk geweest, ja,' knikte Vivienne monter, niet onder de indruk van het sarcasme in Bo's stem. 'En nog, al zijn onze levens uiteraard allemaal een andere kant uitgegaan intussen. Dianne woont sinds kort samen, maar dat is niet ten koste van onze vriendschap gegaan.'

'Dat kan natuurlijk altijd nog. Enfin, als ze jullie groepje alsnog verlaat vanwege de liefde, stel ik me wel beschikbaar als vervangster,' lachte Bo.

Vivienne gaf hier geen antwoord op. Eigenlijk mocht ze Bo niet erg en ze wist wel bijna zeker dat haar twee vriendinnen daar net zo over dachten. Maar deze jonge vrouw had zeker geen makkelijk leven gehad, bedacht ze toen. Dat had ze wel begrepen uit de verhalen van Bianca over dit plotseling opgedoken nichtje. Haar moeder was alcoholiste en vond de drank belangrijker dan haar enige dochter. Haar vader had zich volledig op zijn werk gestort om de situatie thuis te ontvluchten, waardoor Bo al vroeg op zichzelf aangewezen was. Dit had haar hard en cynisch gemaakt, een houding die constant, als een beschermend schild, aanwezig was. Misschien zou het de moeite waard zijn om door dat pantser heen te breken en de echte Bo te leren kennen, overwoog Vivienne in stilte. Tenslotte behoorde ze tot de familie Verbrugge en dit gezin stond overal bekend om zijn warmte en hartelijkheid. Leo en Emma vormden samen met hun kinderen Arnoud, Bianca en Annemie een hecht gezin, waar iedereen altijd welkom was. Dianne en Vivienne hadden dat zelf ondervonden. Beiden waren ze enig kind, maar het gemis aan broers en zussen was gecompenseerd door de kinderen Verbrugge. Al van kleins af aan waren ze hier kind aan huis en sinds de ouders van Vivienne in Amerika waren gaan wonen en de ouders van Dianne kort na elkaar overleden waren, beschouwden ze dit helemaal als hun tweede thuis. Alleen al aan Leo en Emma waren ze min of meer verplicht om Bo een kans te geven en haar wat meer bij hun groepje te betrekken.

'Iemand nog koffie of gaan we over op wat sterkers?' riep Bianca door de volle kamer heen.

'Ik heb nog niet eens koffie gehad,' merkte Dianne op.

'Dan moet je maar niet zo laat komen.'

'Ik moest eerst mijn zieke man verzorgen,' lachte Dianne. 'Nee, ik geen wijn, Bianc. Gewoon koffie en als je dat niet meer hebt, dan liever iets fris.'

'Doe toch niet altijd zo saai,' verweet Vivienne haar.

Dianne trok met haar schouders. 'Ik heb nu eenmaal geen alcohol nodig om het gezellig te hebben. Een glaasje wijn op zijn tijd vind ik lekker, maar frisdrank ook. Vergeet niet dat ik nog moet rijden.'

'En ze moet jou thuisbrengen, Viev, dus wees maar blij,' riep Arnoud terwijl hij gedienstig een volle kop koffie voor Dianne neerzette. 'Taart erbij, mevrouw?'

'Heel graag.' Gretig pakte Dianne het bordje met het grote stuk appeltaart van hem aan. De appeltaarten van Emma waren niet te overtreffen en Dianne liet dan ook nooit een gelegenheid voorbijgaan om die te eten.

'Ik doe met je mee,' zei Melanie, de vrouw van Arnoud. 'Tenminste, wat de koffie betreft. Taart heb ik al op.'

'Dat zou mij niet weerhouden,' grijnsde Dianne. 'Hij

is weer ontzettend lekker, Emma.'

'Jij aan de koffie?' vroeg Annemie op dat moment aan haar schoonzus. Ze trok haar wenkbrauwen hoog op. 'Dit is de eerste keer dat ik meemaak dat jij koffie prefereert boven een glaasje witte wijn.' Ze onderschepte de veelbetekenende blik die Melanie en Arnoud met elkaar wisselden en grijnsde breed. 'Is er soms iets wat jullie willen vertellen?'

'Nee, wijsneus, dat wilden we juist nog niet, maar dankzij jou denk ik dat we er nu niet meer onderuit kunnen,' zei Arnoud terwijl hij Melanie's hand pakte.

'Zie je wel! Ik wist het, ik wist het!' riep Annemie uitgelaten.

Het was Bianca die haar de mond snoerde door haar aan haar arm naar zich toe te trekken en haar toe te fluisteren dat ze haar mond moest houden.

'Maar...,' protesteerde Annemie.

'Houd op, anders hoeven ze niets meer te zeggen,' siste Bianca. 'Dit is hun nieuwtje, niet het jouwe. Uilskuiken.'

'Volgens mij heb ik iets gemist,' merkte Leo, bedachtzaam als altijd, op. Hij keek van Annemie's verongelijkte gezicht naar de blozende Melanie. Ook Emma keek gespannen toe. Zij kon inmiddels wel raden wat het was. Ze zei echter niets, maar hoopte des te harder.

Melanie knikte Arnoud toe, als teken dat hij het grote nieuws mocht verkondigen.

'Mam, pap,' begon hij plechtig terwijl hij Melanie's hand pakte. 'Jullie worden binnenkort grootouders. Melanie en ik krijgen een baby.'

'Wat geweldig!' Emma straalde helemaal. Dit was waar ze stiekem al een tijdje op hoopte. Ze vond het erg moeilijk dat haar kinderen volwassen werden en het ouderlijk huis verlieten. Een kleinkind kon die leegte wellicht een beetje opvullen. Ze gingen nu een andere levensfase in, besefte ze. Bianca stond al op het punt om uit te vliegen en het zou waarschijnlijk geen jaren meer duren voor Annemie, hun hekkensluitertje, dat voorbeeld zou volgen. Iets waar ze overigens nog niet over wilde nadenken, want dan zou hun huis pas echt leeg zijn. Ze omhelsde eerst Arnoud en daarna Melanie. 'Ik mag toch wel vaak oppassen, hè?' vroeg ze meteen gretig.

Er volgde een algemeen gelach op die opmerking.

'Pas maar op, jongen. Voor je het weet heeft je moeder hier een babykamer ingericht en moet je maar zien dat je je eigen kind terugkrijgt,' lachte Leo. Hij klopte Arnoud hardhandig op zijn schouder.

'Altijd makkelijk, zo'n gratis oppasadres,' zei Bo. 'Als ik ooit nog een kind krijg, mag je altijd oppassen, hoor, Emma. Graag zelfs.'

'Iedereen mag gebruikmaken van onze diensten, maar misbruik is iets anders,' merkte Leo kalm op. Hij keek Bo even doordringend aan, maar die verblikte of verbloosde niet.

'Het was maar een geintje. Ik ben in ieder geval de eerste jaren niet van plan om moeder te worden. Misschien wel nooit. Zulke goede ervaringen heb ik tenslotte niet.' Het moest luchtig klinken, maar de ondertoon van haar stem was bitter.

'Zowel jij als je eventuele kinderen zijn hier altijd welkom,' zei Emma dan ook direct. Haar hart ging uit naar dit eenzame nichtje, dat haar ware gevoelens probeerde te maskeren door een grote mond en sarcasme.

'Wanneer komt de baby?' informeerde Dianne.

'Over iets meer dan zeven maanden,' vertelde Melanie.

'Slim,' knikte Bianca. 'Ik begrijp daaruit dat ik dus niet op jou hoef te rekenen bij het schoonmaken en opknappen van mijn nieuwe behuizing?'

'Ik doe alles om daar onderuit te komen,' plaagde Melanie haar.

'Ik zal in ieder geval meteen een plekje reserveren voor mijn komende neefje of nichtje,' beloofde Bianca haar. 'Want natuurlijk wil ik ook wel eens oppassen. Ik ben van plan zo'n echte verwentante te worden.'

'Dit gaat goed,' lachte Arnoud. Hij keek de volle kamer rond. 'Nog meer vrijwilligers voor oppasdiensten? Als dit zo doorgaat kunnen wij lekker af en toe een weekendje op stap met z'n tweeën, schat.'

'Hoor hem. Jou kennende mag er straks helemaal niemand aan de baby komen,' hoonde Melanie. 'Laat staan dat je haar of hem ergens achterlaat.'

'Over een weekendje weg gesproken.' Dianne zette haar lege gebaksbordje neer op de tafel. 'Dat vind ik eigenlijk ook wel weer eens tijd worden, meiden. Het is eeuwen geleden dat wij een vrouwenweekendje gehad hebben. Het is nu februari, dus de vakantie duurt nog wel een tijdje. Wat dachten jullie ervan om iets te boeken voor volgende maand?'

Vivienne knikte. 'Goed plan. Ik ben wel toe aan een verzetje.'

'Dan wil ik ook mee,' mengde Annemie zich direct in het gesprek.

'Het wordt een vrouwenweekend. Waar wij heengaan is geen kinderopvang,' pestte Bianca haar.

Dianne lachte hardop. Deze drukte en het onderlinge gekrakeel vond ze heerlijk. Ze hoopte zelf ook ooit eens een groot gezin te krijgen, met net zoveel levendigheid als hier. Drie kinderen wilde ze op zijn minst, het liefst zelfs vier of vijf. In ieder geval meer dan één, want zij had het gemis van broers en zussen altijd sterk gevoeld. Zeker in de periode net na het overlijden van haar ouders was dat moeilijk geweest. Al het geregel en papierwerk dat daarbij kwam kijken kwam op haar schouders neer, er was niemand die dat van haar kon overnemen. Gelukkig had ze heel veel steun gehad aan de familie Verbrugge, die haar zo veel mogelijk hadden geholpen en waar ze altijd terecht kon als het haar te veel dreigde te worden. Dat was trouwens nog steeds zo, al was ze nu een paar jaar ouder en woonde ze samen. Het gezin Verbrugge was en bleef haar toevluchtsoord.

'Wat mij betreft is dat prima,' zei Vivienne inmiddels met een knikje naar Annemie. 'Jij hoort zo langzamerhand ook wel tot de volwassenen.'

'Oké, dan mag ze mee om ons, ouderen, te bedienen,' stemde Bianca in.

'Goed, oma,' spotte Annemie. Haar ogen straalden echter van enthousiasme. Als lastige puber werd ze altijd geweerd uit het hechte vriendinnengroepje van haar zus, hoezeer ze ook altijd haar best had gedaan om erbij te horen. Het leeftijdsverschil begon echter steeds meer weg te vallen tegenwoordig. Als vijftienjarige paste ze destijds niet bij haar twintigjarige zus, nu ze ouder werd en studeerde groeiden ze steeds meer naar elkaar toe. De laatste tijd ging ze geregeld mee stappen en dan had ze het altijd enorm naar haar zin. Ze kon het prima vinden met haar zus en de twee vriendinnen, die Annemie langzamerhand ook een beetje als zusjes was gaan beschouwen. Ze zag ze dan ook zo vaak bij hen thuis.

'We gaan dus als een kwartet,' zei Dianne. 'Gezellig.'

'Wat dachten jullie van een quintet?' klonk ineens de aarzelende stem van Bo. 'Mij lijkt dat ook wel wat, zo'n weekendje.'

Heel even viel er een veelbetekenende stilte, die snel opgevuld werd door Vivienne.

'Moet kunnen,' sprak ze opgewekt. Ze zond haar

vriendinnen een wanhopige blik toe. Wat kon ze anders zeggen? Ronduit de waarheid spreken en zeggen dat ze er niet over piekerden om Bo mee te nemen, zou al te cru zijn.

'Natuurlijk,' zei ook Bianca nu, al was het met weinig overtuiging. 'Dan gaan we leuk met z'n vijven.'

Bo leek het weinige enthousiasme niet op te merken en anders deed ze prima alsof. Tevreden leunde ze achterover in haar stoel, met een voldane glimlach op haar gezicht. Tot nu toe had ze weinig aansluiting gevonden bij haar nichtjes, nu leek daar echter verandering in te komen.

'Waar gaan we eigenlijk naartoe?' vroeg Dianne, vragend van de een naar de ander kijkend. Ze liet niet merken dat ze meteen een stuk minder zin in het uitstapje had nu Bo blijkbaar ook meeging. Ze konden dit inderdaad niet zonder meer weigeren. Dat was het risico als je zoiets wilde afspreken waar andere mensen bij waren, een goede les voor de volgende keer.

'Ergens aan zee,' riep Annemie direct. 'Ik weet een leuk hotel in Zandvoort.'

'We gaan niet in een hotel, maar in een bungalow,' temperde Bianca haar enthousiasme. 'Goedkoper, gezelliger en met meer vrijheid. Dan kunnen we tenminste zelf bepalen hoe laat we gaan eten, waar we gaan eten en hoe laat we ontbijten. In een hotelkamer kun je nooit echt gezellig bij elkaar zitten, veel te krap.'

'Aan zee vind ik wel een goed plan,' knikte Vivienne. 'Dianne, boek jij ergens iets leuks? We sluiten ons bij jou aan.'

'Gevaarlijk,' grijnsde Dianne terwijl ze opstond. 'Ik ga ervandoor, want ik wil Steven niet al te lang alleen laten. Kan ik nog iemand afzetten onderweg?'

'Je zou mij thuisbrengen, weet je nog?' Ook Vivienne

stond nu op.

'Als ik met je mee mag rijden, dan graag,' zei Bo nu.

Ook nu kon Dianne niets anders doen dan toestemmen. Hoewel het op deze manier behoorlijk omrijden was voor haar, zette ze toch eerst Bo af in de smalle straat waar ze de zolderetage van een oud, verwaarloosd herenhuis bewoonde. Nu kon ze tenminste nog even met Vivienne kletsen en haar ongenoegen uiten over de manier waarop Bo zich bij hun groepje opdrong.

'Ik ben er niet blij mee,' zei ze dan ook meteen nadat Bo uit de wagen was gestapt.

Vivienne begreep direct wat ze bedoelde. 'Ik ook niet,' gaf ze met een zucht toe. 'Maar ik kon niet anders dan toestemmen. De stilte die er even viel na haar vraag, was al vervelend genoeg.'

'Ik zou na zo'n onaangename stilte de eer aan mezelf houden en beweren dat ik een geintje had gemaakt,' zei Dianne somber. 'Jammer dat Bo zo niet in elkaar steekt.'

'Ach, wie weet hoe gezellig het wordt,' zei Vivienne alweer met haar gebruikelijke optimisme. Zij liet zich nooit zo snel uit het veld slaan. 'Ik heb wel medelijden met Bo. Dat stugge gedrag is volgens mij alleen een schild, een vorm van zelfbescherming. Ze heeft zoveel meegemaakt in haar leven dat ze zich niet bloot durft te geven aan mensen die ze niet door en door kent. Waarschijnlijk valt ze enorm mee als we haar beter leren kennen.'

'Dat hopen we dan maar.' Dianne remde af voor de flat waar Vivienne woonde. 'Ik ga in ieder geval een mooie bungalow uitzoeken voor ons.'

Eenmaal thuis kweet Dianne zich meteen van deze taak. Een blik in de slaapkamer overtuigde haar ervan dat Steven diep in slaap was, dus startte ze haar computer op en ging op zoek naar een geschikte bungalow in een leuk park. Er was keus genoeg, vooral omdat ze buiten het seizoen gingen. Van de drie parken die haar voorkeur genoten, was er slechts eentje volledig volgeboekt voor de komende weekenden, dus ging ze voor haar tweede keus. Even later had ze de bevestiging van haar reservering al op haar mail en sloot ze tevreden haar computer af. Ze had er echt zin in, ondanks dat Bo ook meeging. Met z'n vieren zouden ze haar in ieder geval wel aankunnen, troostte ze zichzelf. Ze zouden simpelweg niet toestaan dat zij in haar eentje hun weekendje weg verknoeide. Desnoods zetten ze haar op de trein terug naar huis, dacht ze grimmig bij zichzelf.

Hoewel ze zo voorzichtig mogelijk naast Steven in bed stapte, werd hij toch wakker.

'Heb je een leuke avond gehad?' vroeg hij slaperig.

'Het is altijd leuk bij Bianca thuis,' antwoordde Dianne. 'We gaan over vier weken met de vrouwen een weekendje op stap. Ik heb net geboekt.'

'Leuk. Met z'n drieën?'

In het donker trok Dianne een grimas. 'Met z'n vijven. Bo en Annemie gaan dit keer ook mee. We zien wel wat het wordt. Als het geen succes is, gaan we daarna gewoon nog een keer met z'n drietjes.'

'Welja, laat mij, arme man, maar alleen,' merkte Steven slachtofferig op.

'Dan kun jij mooi lekker lang achter je computer zitten zonder een zeurende vrouw op de achtergrond die klaagt dat ze aandacht wil. Trouwens, Melanie is zwanger. Over ongeveer zeven maanden krijgen ze hun eerste kindje.'

'Fijn voor ze.' Steven geeuwde luidruchtig. 'Ik neem tenminste aan dat ze er blij mee zijn.'

'Dat zeg je op een toon alsof je je dat nauwelijks kunt voorstellen.'

'Ik moet er persoonlijk voorlopig nog niet aan denken. Ooit wil ik wel een paar kinderen, maar de eerste jaren nog niet. We zijn nog jong genoeg.'

'Het moet heerlijk zijn, zo'n kindje van jezelf,' droomde Dianne. 'Ik wil er minstens vier, dus zo heel lang kunnen we ook niet wachten als we ervan uitgaan dat er steeds twee of drie jaar tussen zit.'

'Over een jaar of twee,' beloofde Steven haar. 'Dan zitten we allebei wat steviger in het zadel bij onze werkgevers en dan kopen we een grote eengezinswoning met een tuin. Maar we zien wel wat de toekomst brengt.'

Hij sloeg zijn arm om haar heen en tevreden kroop Dianne tegen hem aan. De laatste jaren waren moeilijk geweest voor haar, maar langzamerhand lachte het leven haar weer toe. Sinds kort had ze werk als styliste bij een bekend maandblad, ze woonde met Steven samen en ze bezat twee hartsvriendinnen voor wie ze door het vuur zou gaan en waarvan ze wist dat dit andersom ook zo was. En de toekomst zou alleen nog maar mooier worden, met het felbegeerde gezin wat naar haar lonkte. Met een glimlach om haar lippen viel Dianne in slaap, met Stevens arm nog steeds stevig om haar heen geslagen.

2

Na de nodige voorbereidingen en het inslaan van een grote voorraad boodschappen, zodat ze daar op het park hun tijd niet aan hoefden te verspillen, brak het bewuste vrouwenweekend aan. Omdat ze met z'n vijven plus alle bagage niet in één wagen pasten, gingen ze met twee auto's, van Dianne en van Bianca. Annemie en Bo hadden allebei geen rijbewijs. Vivienne wel, maar die kon zich als verkoopster in een sieradenatelier en met een vrije dure flat geen auto veroorloven. Dianne vond het jammer dat zij drieën niet bij elkaar in een auto konden, maar ze besloot haar goede stemming daardoor niet om te laten slaan. Vivienne kwam naast haar zitten, Annemie bezette de achterbank en Bo reed met Bianca mee.

Stipt om drie uur, het tijdstip van inchecken, reden ze die vrijdagmiddag het bungalowpark op.

'Het ziet er goed uit,' merkte Bianca goedkeurend op nadat ze, stijf van de rit, uitgestapt waren.

'Ik weet heus wel wat ik uitkies,' zei Dianne quasibeledigd.

Met z'n vijven dromden ze de niet al te grote receptieruimte binnen, die in één klap gevuld was.

'Hm, niet al te groot en ook niet bepaald modern,' zei Bo.

'Jij bent natuurlijk beter gewend,' merkte Annemie hatelijk op. 'Jij bent al op zoveel plekken geweest voor je vakanties.'

Bo beet op haar onderlip, maar gaf geen antwoord.

'Begin nou niet zo,' zei Bianca zacht tegen haar zus. 'Het is wel de bedoeling dat dit een geslaagd weekend gaat worden, met ruzie schieten we niets op.'

'Sorry, hoor, maar soms haalt ze het bloed onder mijn nagels vandaan. Waar is die kritiek nou voor nodig? Ze is met haar ouders nog nooit ergens heen geweest, dit zou een paradijs op aarde moeten zijn voor haar,' mopperde Annemie.

Onwillekeurig schoot Bianca in de lach. 'Dat lijkt me ook ietwat overdreven. Het blijft een bungalowpark in koud Nederland, we zitten niet op de Bahama's.'

'In het subtropische zwembad kunnen we wel net doen alsof,' mengde Vivienne zich in het gesprek. Ze gaf Annemie een hartelijke klap op haar schouder en knipoogde naar haar. Bo hield zich afzijdig. Ze staarde naar een rek met foldertjes alsof die al haar aandacht vroegen, in werkelijkheid zag ze niets van de felgekleurde folders. Hoewel ze het nooit toe zou geven was ze behoorlijk geschrokken van de felle uitval van haar nichtje. Dit was helemaal niets voor Annemie. Ze droeg weliswaar het hart op haar tong en ging confrontaties nooit uit de weg, maar hatelijkheden kwamen niet snel uit haar mond. Annemie was juist heel sociaal voelend en degene die kleine ruzietjes over het algemeen snel wist te sussen.

'We kunnen naar ons huisje,' zei Dianne, zwaaiend met de sleutel. Zij had niets van het kleine incident gemerkt. 'Kom je, Bo? We mogen allebei de auto's het terrein op rijden, maar na het uitladen moet er eentje terug naar de parkeerplaats. Zal ik voorop rijden? Ik heb een plattegrond met een routebeschrijving meegekregen.'

Na enig zoeken, ondanks de beschrijving, arriveerden ze bij de bewuste bungalow, die hen vriendelijk toe leek te lachen in het stralende voorjaarszonnetje. Dianne, Bianca en Vivienne hadden in de loop der tijd een vaste routine ontwikkeld bij dit soort uitstapjes. Ze pakten altijd eerst alles uit, zetten koffie en maakten de bedden op, zodat de bungalow klaar was voor bewoning en ze daar geen omkijken meer naar hadden. Bo slingerde echter onverschillig haar weekendtas op een bed en kondigde aan dat ze het park ging verkennen. Zonder op antwoord te wachten van de anderen, liep ze het huisje uit.

'Als ze nu maar niet verwacht dat ik haar bed op ga maken,' merkte Dianne vinnig op. 'Ik begin er steeds meer spijt van te krijgen dat we haar meegenomen hebben.'

'De situatie is nu eenmaal zo, laten we er geen drama van maken,' zei Vivienne kalm. 'Zo'n uitstapje met een groep is nieuw voor haar. We moeten haar wel een kans geven en niet op alle slakken zout gaan leggen.'

Ze togen aan de slag, maar de stemming was niet zo uitgelaten als anders wanneer ze onder elkaar waren. Zelfs nu Bo niet in de buurt was, wist ze daar een stempel op te drukken. Ze reageerde echter niet in het minst beledigd toen Vivienne haar later even apart nam en uitlegde dat ook zij haar deel van de werkzaamheden in de bungalow op zich moest nemen.

'Had dat dan gewoon gezegd,' zei ze enigszins verwonderd.

Ondanks het moeizame begin werd het een gezellige avond met z'n vijven. Na een diner in het restaurant van het park en een drankje in de bar, besloten ze eenparig in hun huisje nog een afzakkertje te nemen. Bianca schonk wijn in terwijl Vivienne de open haard aanstak.

'Wat heerlijk knus,' zei Annemie, dromerig in de wild bewegende vlammen starend. 'Dat heeft toch wel wat, zo'n vuur. Heel anders dan een kille, onpersoonlijke centrale verwarming.'

'Het zou je anders behoorlijk opbreken als je in een huis zonder centrale verwarming moest wonen,' meende Dianne met een glimlach. 'Dat kan ik me nog heel goed herinneren van vroeger, het huis waar ik ben geboren en waar ik tot mijn veertiende heb gewoond. Daar hadden we alleen een kachel in de huiskamer, meer niet. Als je in de winter 's morgens uit de douche kwam, hingen de ijspegels aan je lichaam.'

'Hè ja, verhalen uit de oude doos,' plaagde Annemie. 'Hoe oud ben je ook alweer? Zestig?'

'Vijf jaar ouder dan jij, snotneus,' wees Dianne haar lachend terecht.

'Zie je wel, we hadden deze peuter thuis moeten laten,' zei Bianca terwijl ze in één teug haar glas leegdronk en het meteen weer volschonk. Ze rolde theatraal met haar ogen. 'Ze kan die goede, oude tijd die wij nog meege-maakt hebben niet waarderen. Het is niks met zo'n kind aan je rokken, dat verstoort de eenheid die wij drieën vormen.' Hoewel dit slechts een plagerijtje naar haar zus toe was, die het ook zo opvatte en erom lachte, was dit een ongelukkige opmerking in de gegeven omstandighe-den. Vivienne keek meteen verschrikt naar Bo.

'Zo bedoelde ze het niet,' haastte ze zich te zeggen.

Bo trok met een onverschillig gebaar haar schouders op. 'Ik weet dat jullie mij er liever niet bij zouden heb-ben,' zei ze kalm. 'Ik pas niet in jullie groepje, ik val er aan alle kanten buiten.'

'Waarom drong je je je dan aan ons op, als je dat zelf zo goed weet?' vroeg Dianne na een korte stilte. Het had geen zin om Bo's woorden te ontkennen, dat beseften ze allemaal.

Weer was er even dat onverschillige gebaar met haar

schouders. 'Wellicht toch de natuurlijke behoefte om ergens bij te horen, deel uit te maken van een groep.' Het klonk spottend.

'Jij?' vroeg Bianca ongelovig. 'Jij lijkt me juist iemand die dat niet wil. Je komt altijd zo hard en zelfstandig over, alsof je niets en niemand nodig hebt.'

'Dat leer je vanzelf met zo'n jeugd als de mijne,' zei Bo hard. 'Je kent de verhalen en ze kloppen allemaal. Mijn moeder was dronken of bezig om dronken te worden. Mijn vader vluchtte in zijn werk om de situatie thuis te ontlopen. Mijn leven is in niets te vergelijken met dat van jullie.'

Vivienne knikte bedachtzaam. Bo's houding was dus inderdaad een schild, precies zoals ze al gedacht had.

'Bij ons hoef je jezelf niet groot te houden en zo stoer te doen,' zei ze vriendelijk. 'We willen juist graag kennismaken met de echte Bo.'

'Dat zou je anders wel eens vies tegen kunnen vallen,' zei Bo met een bitter lachje. Ze wendde haar gezicht af omdat ze niet wilde laten zien dat er tranen in haar ogen sprongen. 'Ik ben niet zoals jullie.'

'Ach, kom op. Je hebt Verbrugge genen, zo veel verschil kan er niet zijn,' riep Annemie.

Die opmerking brak de spanning een beetje. Dianne glimlachte. Dat was Annemie ten voeten uit. Die wist altijd met één rake opmerking de boel te relativeren. Meestal sloeg ze de spijker precies op zijn kop.

'Ze heeft gelijk, denk ik,' zei ze. 'Je bent familie, je hoort erbij.'

'Mijn vader hoort anders ook tot de familie Verbrugge, maar een groter verschil dan tussen hem en Leo is niet denkbaar.'

'Ik denk eerder dat jouw vader gevormd is door de omstandigheden, net zoals jij,' merkte Vivienne bedachtzaam op. 'Hij zal het ontzettend moeilijk hebben. Ik kan me levendig voorstellen dat jij hem van alles kwalijk neemt omdat je het gevoel hebt dat hij je in de steek heeft gelaten, maar probeer je eens in te leven in zijn situatie. Hij ziet de vrouw waar hij van houdt steeds verder afglijden, zonder dat hij er iets tegen kan doen. Ten einde raad vlucht hij in zijn werk, om het niet steeds aan te hoeven zien. Dat hij jou daarbij vergat is niet goed te praten, maar er zijn natuurlijk wel verzachtende omstandigheden.'

'Zo heb ik het eigenlijk nooit bekeken,' gaf Bo aarzelend toe. 'Ik ben vooral kwaad op hem omdat hij mij niet uit die thuissituatie heeft gehaald. Als hij van mijn moeder was gescheiden en mij bij zich had gehouden, was mijn leven heel anders verlopen. Wellicht had hij dan iemand anders ontmoet, iemand die wel een liefhebbende moeder voor mij kon zijn.'

'Waarschijnlijk houdt hij nog steeds zoveel van je moeder dat hij die stap niet kan zetten,' zei Vivienne. 'Ja, kijk maar niet zo raar naar me. Dat hoor je wel vaker. Hij is tenslotte niet voor niets nog steeds bij haar, terwijl niemand het hem kwalijk zal nemen als hij voor zichzelf zou kiezen. Daar moet een reden voor zijn.'

'Waarschijnlijk gemakzucht,' zei Bo kort. Ze zuchtte diep. 'Laten we hem nu niet al te zeer prijzen. Niet als echtgenoot, maar zeer zeker niet als vader. Hij is het tegenovergestelde van Leo, die alles voor zijn gezin overheeft en die het wel voor elkaar heeft gekregen om een goede vader voor zijn kinderen te zijn.'

'Dat is absoluut waar,' zei Bianca meteen. 'Wij drieën hebben een heerlijke jeugd gehad, daar is niets op af te dingen.'

'Wat het dus een stuk makkelijker maakt om op te

groeien tot een sociale volwassene,' knikte Bo. 'Ik wil niet mijn verknipte jeugd de schuld van alles geven, want karakter telt natuurlijk ook mee, maar ik merk gewoon dat ik op dat gebied een achterstand heb vergeleken bij jullie.'

'Dan gaan wij er wel voor zorgen dat je die inhaalt,' beloofde Annemie. Ze hief haar glas naar haar nichtje op. 'Als je maar genoeg met ons optrekt, verander je vanzelf in een goed, lief persoon.'

'Nou?' waagde Vivienne dat te betwijfelen. 'Met jou erbij?'

'Ik ben hartstikke lief en sociaal,' verdedigde Annemie zichzelf. 'Niet voor niets ben ik rechten gaan studeren.'

'Advocaten zijn anders de minst sociale mensen die er bestaan, volgens mij,' meende Dianne. 'Persoonlijk vind ik een advocaat vaak nog erger dan de crimineel die hij verdedigt. Hoe kun je 's nachts rustig slapen als een misdadiger vrij rondloopt vanwege jouw werk?'

'Dat zijn strafpleiters,' wuifde Annemie dat weg. 'Dat is heel wat anders. Ik wil bij een organisatie zoals de consumentenbond gaan werken of zo. Mensen helpen die onrecht aangedaan is.'

'Onze kleine idealist,' zei Bianca. 'Zeg, weet je nog dat jij alleen mee mocht op voorwaarde dat je ons zou bedienen? Mijn glas is al een tijdje leeg.'

'De fles die naast je staat ook,' knikte Annemie. 'Volgens mij lig jij de rest van het weekend op bed met een kater.' Ze stond op en rekte zich ongegeneerd uit. 'Ik ga wat te eten maken. Hebben we kaas en worst bij ons?'

De stemming werd luchtig en gezellig na het zware bomen in het begin. Ze plaagden elkaar, lachten om niets en hadden het simpelweg naar hun zin met elkaar. Zelfs Bo kwam helemaal los, wat de sfeer er alleen maar beter op maakte.

Uiteindelijk was het toch niet zo'n slecht plan geweest om met z'n vijven te gaan in plaats van met z'n drieën, dacht Vivienne tevreden bij zichzelf. Ze was heerlijk rozig van de wijn en het warme vuurtje in de haard. Bo wás anders dan zij, dat viel niet te ontkennen, maar anders was niet per definitie minder. Met haar jeugd was dat haar overigens nauwelijks kwalijk te nemen. Annemie paste ook leuk in hun groepje, ondanks het leeftijdsverschil. Van de lastige, dwarse puber die het razend interessant vond om met ouderen om te gaan en zich daardoor voortdurend bij hen opdrong, was ze uitgegroeid tot een vrolijke, levendige, enthousiaste jonge vrouw die heel goed wist wat ze wilde en hard werkte om dat te bereiken. Annemie bruiste van levenslust, was idealistisch en altijd bereid iedereen te helpen. Het zonnetje in huis, noemde Emma haar jongste dochter altijd liefkozend. Nu ze volwassen werd, was ze zeker een aanwinst in hun vriendinnengroepje.

Het was diep in de nacht voor ze opbraken en de volgende dag werden ze pas tegen het middaguur wakker. Dianne en Bianca deelden samen een slaapkamer en toen zij daar uit kwamen, vonden ze tot hun grote verrassing Bo in de keuken bezig met het klaarmaken van het ontbijt.

'Zeg maar liever brunch,' zei Bo met een blik op de klok. 'Tjonge, wat kunnen jullie slapen met z'n allen. Ik ben al ruim een uur op, maar Annemie en Viev liggen nog te snurken. Alcohol heeft een slechte uitwerking op jullie.'

'Hé, tel mij niet mee,' zei Dianne meteen. 'Ik heb twee glazen wijn op, meer niet. Ik drink maar zelden.'

'Oké, dan ben jij gewoon lui,' grinnikte Bo.

'Waar hebben we dit aan te danken?' vroeg Bianca,

wijzend naar de gedekte tafel, de volle pot thee en de gekookte eieren.

'Ik verveelde me,' antwoordde Bo achteloos. 'Denk overigens niet dat ik hier een gewoonte van maak. Morgen verwacht ik een uitgebreid ontbijt als ik wakker word.'

'Jammer,' klonk de stem van Annemie achter hen. In een felgekleurde ochtendjas, waar de rest spontaan hoofdpijn van kreeg, betrad ze de kamer annex keuken. 'Dit bevalt me wel. Zie je wel, Bo, onze goede invloed is al merkbaar.'

Bo maakte een veelzeggend gebaar met haar arm, toch kon ze een glimlach niet onderdrukken. Ze voelde zich wonderlijk op haar gemak binnen deze groep vrouwen, meer dan ze van tevoren verwacht had. Eigenlijk was ze bang geweest dat dit weekend op een grote teleurstelling zou uitlopen. Ze vond niet gauw aansluiting, dat wist ze. Ze wilde wel, maar iets binnen in haar leek dat altijd tegen te houden. Deze vrouwen wisten daar echter doorheen te breken en Bo begon zich steeds meer een van hen te voelen, al bleven de verschillen duidelijk merkbaar. Maar wellicht zouden die in de toekomst steeds meer vervagen, hoopte ze in stilte.

'Wat voor werk doe jij eigenlijk?' vroeg Vivienne haar tijdens het late ontbijt.

'Iets in de horeca,' antwoordde Bo vaag.

Bianca keek haar verbaasd aan. 'Ik dacht dat jij een uitkering had omdat je bij je vorige baan bent wegbezuinigd?'

'Ook,' gaf Bo toe. 'Van een uitkering is echter niet normaal te leven, dus werk ik drie avonden per week achter de bar van een café. Nog steeds geen vetpot, maar met de fooien erbij vult het zo'n uitkering aardig aan.'

'Je werkt dus zwart,' begreep Dianne.

Er viel even een onaangename stilte, die pijnlijk duidelijk aangaf dat dit niet in goede aarde viel bij de anderen.

'Niet helemaal eerlijk,' zei Annemie uiteindelijk langzaam. 'Ik heb een basisbeurs die ik aanvul met een krantenwijk. Hard werken en heel weinig inkomsten, maar zodra ik meer ga verdienen wordt dat ingehouden op mijn beurs.'

'Dat is precies de reden waarom een heleboel studenten er een zwart baantje op na houden,' schoot Bo in de verdediging. 'Als je de kans hebt, moet je hem grijpen. We worden in dit land al genoeg gekort op alles. Zo'n uitkering stelt echt helemaal niets voor.'

'Wat vooral komt vanwege de vele zwartwerkers. Je kunt het een mooie naam geven, maar uiteindelijk is het pure uitkeringsfraude en daar lijden anderen onder.'

'Ik heb anders jarenlang gewerkt en keurig mijn premies betaald en dat is meer dan veel andere mensen kunnen zeggen. Er is nu eenmaal bijna geen werk te krijgen, dat is niet mijn schuld.'

'Met een goede opleiding kun je overal werken.'

Bo vertrok bitter haar mond. 'Daar zeg je wat, ja. Ik ben echter op mijn zestiende van school gegaan, omdat mijn moeder het niet nodig vond om schoolgeld te betalen. Weet je hoeveel flessen drank ze daarvan kon kopen? Probeer trouwens maar eens een opleiding te volgen als je ook een huishouden draaiende moet houden en regelmatig de kots van je moeder op moet ruimen. Ik kan iedereen verzekeren dat dat niet meevalt. Je haalt geen goede cijfers als je de kans niet krijgt om te leren.'

Met een ruk schoof Bo haar stoel naar achteren. Ze had ineens geen trek meer in eten. 'Ik ga even een ommetje maken,' zei ze schor, met een afgewend gezicht. Ze vluchtte bijna de kamer uit.

Eenmaal buiten liep ze met haar hoofd naar beneden en met haar handen tot vuisten gebald in de zakken van haar vest door het park. Ze schaamde zich vanwege haar emotionele uitval. Bah, waarom had ze niet gewoon koeltjes kunnen reageren op Annemie's opmerking? Zoals ze gewend was? Het was zeker niet haar bedoeling om medelijden op te wekken of om zielig gevonden te worden vanwege haar slechte jeugd. Ze leidde haar leven zoals ze dat zelf wilde, daar had niemand iets mee te maken. Daar hoefde ze geen verantwoording voor af te leggen.

Kwaad op zichzelf omdat ze zich zo had laten kennen, liep ze stevig door. Ze zag niets van de mooie omgeving, voelde niet het warme zonnetje op haar hoofd. Bo was bang dat ze door deze uitval de prille vriendschap met de andere vrouwen voorgoed om zeep had geholpen. Duidelijker dan dit kon ze niet demonstreren dat ze niets met elkaar gemeen hadden. Waar de anderen hard werkten en studeerden om iets te bereiken in het leven, hing zij maar een beetje rond en teerde ze op kosten van de gemeenschap. Zo ronduit had Annemie het niet gezegd, maar Bo voelde dat het wel zo bedoeld was. En ze zou best graag willen studeren, maar ze had simpelweg nooit de kans gekregen.

'Kansen krijg je niet altijd in je schoot geworpen, daar moet je zelf ook aan werken,' had Emma haar pas nog gezegd, herinnerde Bo zich. Ze lachte even smalend. Dat was natuurlijk makkelijk gezegd voor mensen die nooit echte tegenslagen hadden ondervonden. Zij had in ieder geval geen flauw benul hoe ze dat aan moest pakken, dus bleef ze maar een beetje ronddobberen op de stroming van het leven. Ze volgde geen van tevoren uitgestippelde weg, had geen doel en geen vooruitzichten. Zij leefde van dag tot dag, zoals ze dat vanaf haar prilste jeugd al had gedaan.

De andere vier waren beduusd achtergebleven in de bungalow. Niemand had meer echt trek in eten na dit voorval, dus werd er zwijgend afgeruimd.

'Was je niet een beetje erg hard?' vroeg Vivienne toen aarzelend. 'Bo begon net een beetje bij te trekken.'

'Ik had het misschien minder cru kunnen brengen, maar ik meende het wel,' antwoordde Annemie strijdlustig. 'Dit is iets waar ik heel slecht tegen kan. Op deze manier wordt er misbruik gemaakt van ons sociale stelsel en daardoor worden de voorzieningen steeds slechter. Dat geld moet tenslotte ergens vandaan komen, dus dat wordt vervolgens weer gekort bij mensen die afhankelijk zijn van hun uitkering. Zij krijgen zo steeds minder.'

'Ach kom, denk jij werkelijk dat die mensen extra geld krijgen als niemand er meer zwart bij zou werken?' zei Bianca spottend. 'Dat is wel heel optimistisch gedacht. Ik weet dat je een idealist bent die vecht voor gerechtigheid, maar je kunt het ook overdrijven. Duizenden, misschien wel tienduizenden mensen verdienen er wel eens iets zwart bij. Natuurlijk wordt er ook misbruik van gemaakt, maar als het om een paar euro's per maand gaat kan ik daar niet zo'n probleem van maken.'

'Dat is nu juist het probleem,' hield Annemie stug vol. 'Geef iemand een vinger en een ander pakt je arm tot aan je elleboog. Als je een bijverdienste van tien euro door de vingers ziet, heb je geen recht om iets te zeggen van duizend euro. Maar goed, ik had het op een andere manier kunnen zeggen, dat ben ik wel met jullie eens. Als Bo straks terugkomt, zal ik het goedmaken met haar.'

'Als ze terugkomt,' zei Bianca somber. 'Eerlijk gezegd zou het me niet eens verbazen als ze op de trein stapt en naar huis gaat. Ze blijft toch een vreemde vogel af en toe, ik kan niet altijd hoogte van haar krijgen.'

Dianne schudde haar hoofd. 'Dat denk ik niet. Ze begon er net bij te horen en je kon wel aan haar merken dat ze daar blij mee was. Dat zet ze heus niet zomaar op het spel. Dat arme kind heeft nooit vriendschap ondervonden.'

'Daarom juist, ze weet ook niet hoe ze daarmee om moet gaan,' meende Bianca.

'We kunnen niet anders doen dan afwachten,' kwam Vivienne, kalm als altijd. Ze pakte de afwasbak en begon het vuile serviesgoed af te wassen. Annemie pakte een theedoek en Dianne zette koffie. Ogenschijnlijk leek er niets aan de hand en gingen ze gewoon hun gang, maar de goede sfeer die er de vorige avond tussen hen was ontstaan, was verdwenen. Misschien zelfs wel voorgoed.

3

Toch nog onverwachts stond Bo ineens weer binnen, hoewel ze al een aantal keren naar buiten hadden staan turen of ze haar ergens zagen. Haar gezicht stond onbewogen. Ze had zich voorgenomen zich niets aan te trekken van de mening van de anderen. Zij leefde zoals zij dat wilde en als hun dat niet beviel, was dat erg jammer. Grimmig had ze bedacht dat ze beter niet meer kon proberen om aansluiting te vinden, want het liep toch nergens op uit. Veel beter kon ze gewoon op zichzelf blijven, dat bespaarde teleurstellingen. Ze zou toch nooit helemaal geaccepteerd worden. Ze was naar de bungalow teruggekeerd met het vaste voornemen zich niet meer in de kaart te laten kijken en zich afstandelijk op te stellen. Kritiek van de anderen zou ze simpelweg naast zich neerleggen. Ze verwachtte een koele ontvangst en de nodige verwijten en was dan ook totaal niet voorbereid op de reactie van Annemie.

'Gelukkig, je bent er weer,' zei die opgelucht. 'Het spijt me, Bo. Ik heb mijn eigen mening en daar heb ik ook recht op, maar ik had je niet zo aan hoeven vallen. Hoe jij je leven leeft, is jouw zaak. Sorry.'

Totaal van haar stuk gebracht staarde Bo haar aan. Hier had ze niet op gerekend.

'Ik eh... Het spijt mij ook,' zei ze moeizaam. Ze kon zelf amper geloven dat deze woorden uit haar mond kwamen. Dit verliep wel heel anders dan ze zich voorgesteld had. 'Ik had niet zo emotioneel hoeven reageren op jouw woorden.'

'Alsof emoties dingen zijn die je kunt sturen,' kwam Vivienne nuchter. 'Die overvallen je gewoon, of je wilt of niet. Nou meiden, we zijn weer compleet. Gaan we nog iets doen vanmiddag?'

Dat was alles wat er over het incident gezegd werd, constateerde Bo met verbazing. Niemand vond het blijkbaar gek, niemand verweet haar iets en er werd totaal niet over doorgezeurd. Annemie had zelfs haar excuses aangeboden. Dus zo kon je ook met elkaar omgaan, begon Bo te begrijpen. Op een normale manier, zonder elkaar je eigen mening op te dringen en zonder aanvallen, waardoor de andere partij zich ook niet hoefde te verdedigen. Dit was zo compleet anders dan zij van huis uit gewend was, dat ze er wat stilletjes bij zat en zich niet mengde in de discussie over hun tijdsbesteding. Inwendig had ze zich gewapend en was ze teruggekeerd naar de bungalow met het idee dat het weekend in één klap grondig verziekt was. Niets bleek echter minder waar te zijn. Het was voor haar niet makkelijk om die omschakeling te maken, daar had ze even tijd voor nodig. De rest leek dat te begrijpen en liet haar in haar eigen tempo bijtrekken. Het begon langzaam tot Bo door te dringen dat het niet nodig was om zich vijandig of koel op te stellen. Ze mocht gewoon zichzelf zijn en werd als zodanig geaccepteerd, ook al was zij niet als de anderen. Dat zij het niet met haar manier van leven eens waren, vormde geen belemmering voor een normale omgang met elkaar. Die ontdekking was een echte eyeopener voor haar. In de loop van de dag ging ze zich dan ook steeds meer op haar gemak voelen, wat de stemming alleen maar ten goede kwam.

De rest van die middag brachten ze door in het verwarmde zwembad, daarna besloten ze eenparig een eetgelegenheid te zoeken in het aangrenzende dorp.

'En een kroeg natuurlijk, om de avond in door te brengen,' zei Annemie.

'Krielkip,' schold Bianca gemoedelijk. 'Jij met je kroegen. Dat zouden ze moeten verbieden, op jouw leeftijd. Ik ben er helemaal voor dat de minimumleeftijd om te mogen drinken opgeschroefd wordt naar vijfentwintig jaar.'

'Jij wilt gewoon niet naar een café omdat je aan het eind van de avond terug moet rijden,' plaagde Annemie haar.

'Ik anders ook,' zei Dianne.

'Jij drinkt toch al bijna nooit wat, jij bent zo saai op dat gebied.'

'Gelukkig wel,' lachte Dianne. 'Als je geen plezier kunt hebben zonder een voorraad alcohol in je lijf, is het heel zielig met je gesteld.'

'We gaan gewoon dat dorp in, we eten wat en dan zien we wel wat de rest van de avond brengt,' besloot Vivienne, als altijd de meest praktische van het stel.

Het werd een onverwacht leuke avond. Ze vonden een eetcafé met overvloedige maaltijden voor weinig geld, waar veel jongeren uit de omgeving zaten. Een van hen begon een praatje en daarna werden ze als vanzelf opgenomen in de groep. In de loop van de avond werd de muziek wat harder gezet en begonnen een paar mensen spontaan tafels en stoelen te verschuiven, zodat er een dansvloer ontstond, waar druk gebruik van werd gemaakt. De jonge barman leek diep onder de indruk te zijn van Annemie en hij verliet regelmatig zijn plekje achter de tap om met haar te dansen.

'Je kleine zusje heeft een verovering gemaakt,' lachte Dianne tegen Bianca. 'De verliefdheid straalt uit die jongen zijn ogen.'

'Ja, kleine meisjes worden groot,' reageerde Bianca

theatraal. 'Enfin, ik ben haar chaperonne niet. Als ze maar gewoon met ons mee teruggaat straks, vind ik alles best.'

'Wat doe je als ze besluit met hem mee te gaan?' wilde Bo weten.

'Dan sleur ik haar desnoods aan haar haren mee,' antwoordde Bianca grimmig.

Dat bleek gelukkig niet nodig te zijn. Om één uur die nacht sloot het eetcafé zijn deuren en werd er aan alle kanten luidruchtig afscheid van elkaar genomen. Annemie ontdook behendig de begerige handen van de barman en zat als eerst in Dianne's auto.

'Hij is leuk en aardig, maar ik ben echt niet van plan mijn hart te verliezen aan iemand die honderden kilometers bij me vandaan woont,' zei ze nuchter toen Dianne haar plaagde met haar verovering.

'Heeft hij ook niet geprobeerd je op andere gedachten te brengen?' vroeg Vivienne.

'Dat wel. We hebben elkaars mailadressen en hij heeft stellig beloofd contact te houden.' Annemie grinnikte. 'Ik wacht het maar rustig af.'

'Misschien eindig je ooit nog wel eens als barvrouw hier in het dorp,' lachte Dianne.

Annemie maakte een veelzeggend gebaar met haar arm. 'Echt niet. Mijn ambities reiken een heel stuk verder. Bas is aardig, zoals ik al zei, maar daar blijft het wat mij betreft bij.'

'Hij was anders wel op slag verliefd op jou,' zei Vivienne.

'Dat komt door mijn onweerstaanbare aantrekkingskracht,' zei Annemie met een brede grijns op haar knappe gezichtje.

'Iemand nog iets drinken?' vroeg Bo toen ze terug waren in hun bungalow. 'Het sluit hier allemaal wel enorm vroeg, hoor. Da's wel anders dan bij ons.'

'Eén drankje, dan ga ik naar bed,' nam Bianca zich voor terwijl ze een geeuw onderdrukte. De korte nacht die achter hen lag begon haar nu op te breken. Desondanks was het nog over drieën voor ze eindelijk hun slaapkamers opzochten. Het was veel te gezellig geweest om vroeg op te breken. De stemming zat er prima in. Bo was helemaal losgekomen en lachte vrolijk mee met de rest. Nu ze niet langer het gevoel had dat ze zichzelf voortdurend moest verdedigen, voelde ze zich een stuk beter. Ze hoefde niet meer zo op haar hoede te zijn en dat werkte ontspannend. Net als de anderen, plaagde ze Annemie ongenadig met haar verovering van die avond.

De volgende dag goot het pijpenstelen, waardoor hun geplande strandwandeling niet doorging. Ze besloten hun vertier in het park te zoeken, maar dat viel bitter tegen. Het was er erg druk en zowel de bowlingbanen als de voetbaltafels waren bezet, waardoor ze een beetje verveeld rondhingen. In zwemmen hadden ze allemaal geen zin, bovendien was ook het zwembad helemaal vol. Via glazen wanden konden ze het zwembad vanuit de recreatieruimte zien en de door elkaar krioelende menigte, die vocht voor een plekje in het water, bood geen aantrekkelijk beeld. De luide kreten van de talloze kinderen drongen duidelijk door de glaswand heen.

'We kunnen beter teruggaan naar onze bungalow,' oordeelde Vivienne. 'Lekker de open haard aansteken en kletsen, daar kunnen we best de middag wel mee vullen.'

Dit voorstel vond algemene bijval. Om het mistroostige weer buiten te sluiten, werden de gordijnen in de bungalow gesloten en Bianca stak enkele kaarsjes aan als verlichting. Samen met het vuur uit de open haard gaf dat een intieme sfeer. Dianne en Bo waren inmiddels de keuken ingedoken om wat lekkere hapjes te maken en Annemie schonk voor iedereen iets te drinken in. Zo kropen ze even later genoeglijk met z'n vijven bij elkaar. 'Wat heerlijk knus,' genoot Annemie. 'Beter dan in dat drukke centrum hier.'

'De meeste mensen vinden het jammer van hun tijd om tijdens een paar dagen weg in hun huisje te blijven zitten,' wist Vivienne. 'Dat kunnen ze thuis ook doen, zeggen ze dan. Daar hoeven ze niet voor weg te gaan.'

'Ik vind het wel iets hebben zo,' zei Dianne peinzend. 'Thuis, in het dagelijks leven, nemen we maar zelden de tijd om zo lekker ongestoord niets te doen. Daar is altijd wel iets wat onze aandacht vraagt. Wanneer hebben we nu voor het laatst gewoon gezellig bij elkaar gezeten?'

'In deze samenstelling? Nog nooit,' grinnikte Bianca. Ze knikte Bo hartelijk toe. 'Al heb ik zo'n idee dat daar verandering in gaat komen.'

'Ik houd me aanbevolen,' zei die daarop.

'En ik,' riep Annemie meteen.

'Dan hoor je eindelijk bij de grote mensen,' plaagde Bianca. 'Tjongetjonge, wat heb jij het ons vaak lastig gemaakt in je puberteit. Je wilde er per se bij horen en met ons meedoen. Ik heb je heel wat keren mijn kamer uit moeten zetten.'

'Tot mijn grote ongenoegen,' knikte Annemie. 'Tjonge, wat werd ik altijd kwaad als jullie me weer eens als een klein kind behandelden.'

'Je wás ook een klein kind vergeleken bij ons,' zei Vivienne. 'Als veertien-, vijftienjarige hoor je niet bij jonge volwassenen van rond de twintig.'

Bo schoot hardop in de lach. 'Jammer dat ik die tijd gemist heb, ik had Annemie wel willen zien als onhandelbare puber.'

'Nou, je hebt er niets aan gemist, ze was een ramp,' zei Bianca.

'Jullie kennen elkaar allemaal al je hele leven, toch? Ik kan me nog vaag herinneren dat ik vroeger, voordat onze vaders ruzie kregen, weleens bij jullie thuis kwam. Volgens mij was jij toen al bevriend met Dianne en Vivienne,' zei Bo tegen haar.

Bianca knikte bevestigend. 'Wij hebben elkaar op de kleuterschool leren kennen en zijn vrijwel meteen vriendinnetjes geworden. In die periode werd mijn moeder zwanger van Annemie. Ze moest heel veel rust houden, daarom ging ik na schooltijd vaak met Dianne of met Vivienne mee en zo is onze vriendschap steeds hechter geworden. Zij waren allebei enig kind en kwamen op hun beurt later vaak bij ons thuis, omdat daar altijd zo'n gezellige drukte heerste. We hebben dus al heel jong geleerd dat vriendschap iets belangrijks is en dat je van elkaar op aan moet kunnen.'

'Best wel uniek, een kindervriendschap die met het volwassen worden is blijven bestaan. Meestal verwateren die contacten toch op een gegeven moment.'

'Bianca kreeg de kans niet om van ons af te komen,' zei Dianne jolig. 'Omdat het bij haar thuis zo gezellig is, bleven we gewoon komen. Haar ouderlijk huis is ook een beetje ons ouderlijk huis geworden. Mijn eigen ouders leven niet meer en Emma en Leo hebben voor een gedeelte hun plaats ingenomen.'

'Voor mij geldt hetzelfde,' zei Vivienne. 'Mijn ouders zijn enkele jaren geleden verhuisd naar Amerika, vanwege het werk van mijn vader. Ik zag dat niet zitten, dus bleef ik hier. Ook met Emma en Leo als pleegouders, zogezegd.'

Bo zuchtte diep. 'Wat jammer dat ik niet meer in de buurt woonde. Zo'n tweede ouderlijk huis had mij ook wel wat geleken, eerlijk gezegd. Dan was er misschien toch nog iets van me terechtgekomen.' Dat laatste voegde ze er spottend aan toe. Haar gezicht vertoonde opeens weer de bekende, harde trek.

'De rol die iemands jeugd meespeelt in het verdere leven wil ik niet bagatelliseren, maar inmiddels ben je volwassen en dus ook verantwoordelijk,' zei Vivienne ernstig. 'Als je iets wilt bereiken, op welk vlak dan ook, zal je je leven in eigen hand moeten nemen in plaats van achterover te leunen en iedereen de schuld te geven van alles wat tegenzit.'

'Dat klinkt makkelijker dan het is.'

'Niemand heeft ooit beweerd dat het leven makkelijk is.'

'Ach, kom op,' zei Bo smalend. 'Dat klinkt niet erg realistisch uit de mond van iemand die nog nooit echte problemen heeft ervaren.'

Er viel een diepe stilte na haar woorden.

'Iedereen krijgt vroeg of laat zijn portie te verwerken,' zei Vivienne toen kalm. Ze schudde de hand van Dianne, die deze bemoedigend op haar arm had gelegd, van zich af. 'Ik was verloofd,' vervolgde ze toonloos. Ze staarde in de vlammen en haar gedachten gleden terug naar drie jaar geleden. Een periode gevuld met liefde en zorgeloos geluk. 'We kenden elkaar drie jaar en waren dolgelukkig samen. Drie weken voor mijn ouders vertrokken zouden we gaan trouwen. Erg jong natuurlijk, maar we waren zeker van elkaar en bovendien wilde ik graag trouwen voordat mijn ouders weggingen. De hele dag was tot in de puntjes geregeld, er kon niets misgaan.' Het duurde een tijdje voor ze verder sprak en Bo, de enige die dit verhaal nog niet kende, wachtte in spanning af.

'Wat gebeurde er?' vroeg ze toen de tijd verstreek zonder dat Vivienne verder sprak.

Vivienne schrok op, alsof ze hun aanwezigheid helemaal vergeten was. Waarschijnlijk was dat ook zo. Haar gedachten vertoefden in het verleden, op een dag die de mooiste uit haar leven had moeten worden, maar die was geëindigd in een drama.

'Hij kwam niet opdagen,' zei ze eenvoudig. 'Tijdens zijn vrijgezellenavond, een week daarvoor, had hij een vrouw leren kennen waar hij als een blok voor viel, en dat deed hem beseffen dat hij nog helemaal niet klaar was voor het huwelijk. In plaats van dat tegen mij te zeggen, liet hij me letterlijk in de steek. In mijn bruidsjurk, die ik met zoveel liefde had uitgezocht.'

Bo hield met een scherp geluid haar adem in. 'Wat een akelige vent!' viel ze toen fel uit. 'Wat heb je toen gedaan?'

Vivienne trok met haar schouders. 'Niets. Wat kon ik doen? Mijn vader schreeuwde dat hij hem zou opzoeken en hem zou dwingen zijn beloftes na te komen, maar dat is natuurlijk absurd. Er is geen haar op mijn hoofd die erover piekert te trouwen met iemand die dat liever niet doet, maar dat neemt uiteraard niet weg dat ik er enorm veel verdriet van heb gehad. Om nog maar niet te spreken over de vernedering van die dag zelf.'

'Heb je hem daarna nog gezien?' wilde Bo weten.

'Nee, en inmiddels heb ik daar ook geen behoefte meer aan. Wat ik je met mijn verhaal duidelijk wilde maken, is dat iedereen problemen, verdriet en tegenslagen op zijn weg te verduren krijgt. De een tijdens zijn jeugd, zoals jij, de ander als volwassene, maar niemand ontkomt eraan. Het is geen excuus om in een hoekje weg te kruipen en niets meer van je leven te maken. Kijk bijvoorbeeld naar Dianne. Binnen een halfjaar verloor ze haar beide ouders en zelfs dat heeft haar niet klein gekregen.'

'Nou hadden wij, juist dankzij onze veilige jeugd, natuurlijk wel een voorsprong,' zei Dianne daarop.

'En een goed voorbeeld,' knikte Bo. 'Ik kan me tenminste niets voorstellen bij een vaste relatie of een huwelijk. Trouwen is het laatste wat ik zou willen.'

'Des te meer redenen om je leven zin te geven en je ergens op te richten,' zei Bianca. 'Een mens moet van zichzelf houden, dat is de eerste voorwaarde om gelukkig te worden. Een eventuele relatie is daar dan een aanvulling op.'

'Van mezelf houden?' Bo lachte haar cynische lachje. Dat lachje hadden ze al een paar dagen niet gehoord, realiseerde Dianne zich ineens. De Bo zoals ze haar vandaag had leren kennen, beviel haar in ieder geval een stuk beter. 'Er is nog nooit door iemand echt van mij gehouden.'

'Gelukkig heb je ons nu,' zei Annemie simpel. 'Kom maar heel vaak bij ons thuis, daar is nog nooit iemand slechter van geworden. Een beter voorbeeld kun je als mens niet krijgen.' Met een hartelijk gebaar stak ze haar arm door die van haar nichtje.

'Dat is een waar woord, daar drinken we op,' zei Dianne terwijl ze de glazen nog eens bijvulde. Ze hield haar eigen glas omhoog. 'Op de familie Verbrugge.'

'En op ons,' viel Bianca haar bij. 'Ik geloof dat we wel kunnen stellen dat ons vertrouwde driemanschap is uitgegroeid tot een echt quintet.'

Ze tikten hun glazen tegen elkaar. 'Op ons quintet!' klonk het eensluidend.

Het tot nu toe ernstige gesprek veranderde van toon, de sfeer werd lacherig en ontspannen. Bo hield zich enigszins afzijdig van het luchtige geklets. Ze had ineens veel om over na te denken. Vivienne's verhaal had haar diep getroffen, ze had dit niet gezocht achter deze jonge vrouw, die schijnbaar zorgeloos door het leven ging. Het zette haar eigen problemen in een ander licht. Zij was inderdaad, zoals Viev al gezegd had, geneigd om alles en iedereen de schuld te geven van haar situatie. Misschien moest ze toch eens proberen het van een andere kant te bekijken en zelf eens wat verantwoordelijkheid te nemen. Ze was vijfentwintig, jong genoeg om het roer volledig om te gooien. Zonder hulp zou dat haar echter nooit lukken, wist ze.

Ze schrok op uit haar gedachten omdat Bianca haar aanstootte.

'Vind je ook niet?' vroeg ze.

'Sorry, ik lette even niet op. Waar had je het over?' vroeg Bo.

'Ik zei dat we dit, zo met z'n vijven bij elkaar, vaker moeten doen,' herhaalde Bianca. 'Ik stel voor dat we minimaal één avond per maand met zijn allen op stap gaan, zonder mannen erbij. Gewoon vriendinnen onder elkaar.'

Dit voorstel werd met luid gejuich en algemene stemmen aangenomen. Glimlachend leunde Bo naar achteren. Met die hulp zat het wel goed, daar hoefde ze niet bang voor te zijn. Voor het eerst in haar leven voelde ze zich echt ergens bij horen, een heerlijk gevoel.

4

'Ik ben blij dat je weer terug bent. Zo'n heel weekend zonder jou beviel me niets,' zei Steven terwijl hij Dianne stevig in zijn armen nam. 'Ik heb je gemist.'

'Kijk, dat hoor ik nu graag,' lachte Dianne. 'Overigens zul je eraan moeten wennen, want we hebben afgesproken om dit minstens één keer per jaar te doen. De volgende keer boeken we een weekendje in een beautyfarm of zo. Zonder mannen.'

'Alsof ik daar mee naartoe zou willen gaan,' bromde Steven. 'Kom eens hier.' Hij trok haar zonder meer naar zich toe. 'Het is fijn voor je dat je zulke goede vriendinnen hebt, maar nu wil ik even van je genieten.'

Tevreden nestelde Dianne zich tegen hem aan. Dit weekend was haar, ondanks de paar kleine incidenten, uitermate goed bevallen, toch ging er niets boven een samenzijn met Steven. Hij had haar leven weer zin gegeven nadat ze eenzaam was achtergebleven, zonder haar ouders. Ze had vaker vriendjes gehad, maar nog nooit had ze zoveel van iemand gehouden als ze van Steven deed. Hij betekende echt alles voor haar en ze wist dat dit gevoel wederzijds was. Het samenwonen beviel hen beiden uitstekend en er vielen maar weinig wanklanken tussen hen. Steven accepteerde moeiteloos dat ze ook regelmatig tijd met haar vriendinnen door wilde brengen en op haar beurt deed Dianne niet moeilijk over de tijd die zijn favoriete hobby, zingen in een bandje, opslokte. Die band werd regelmatig geboekt voor feesten, meestal op vrijdag- of zaterdagavond. Dianne mopperde er nooit over dat dit ten koste van hun vrije tijd samen ging, want naast die band had Steven ook gewoon zijn fulltimebaan. Ze gunde hem zijn enigszins uit de hand gelopen hobby van harte en het gaf dan ook nooit wrijving tussen hen. Hun relatie verliep zelfs zo goed dat ze al eens voorzichtig over een huwelijk hadden gesproken. Dianne was daar echter nog niet aan toe. De wetenschap dat haar ouders geen getuige meer konden zijn van de mooiste dag van haar leven, weerhield haar ervan om concrete plannen te maken. Op dit moment zou dat nog te veel emoties meebrengen.

Van hun quintet was zij de enige met een vaste relatie, maar dat vormde geen belemmering voor hun vriendschap. Integendeel zelfs, zoals afgelopen weekend was gebleken. Haar vriendinnengroep was zelfs gegroeid. Mede dankzij Stevens hobby had Dianne tijd genoeg om die vriendschap te onderhouden en regelmatig met hen af te spreken.

In de weken die volgden op hun gedenkwaardige vrouwenweekend was dat ook hard nodig. Emma en Leo zouden binnenkort hun dertigjarige bruiloft vieren en hun kinderen plus aanhang, waar Dianne, Vivienne en Bo automatisch toe gerekend werden, waren druk bezig een mooi boek samen te stellen met foto's en anekdotes over die jaren. Ook de geboortekaartjes van hun drie kinderen kregen er een plekje in, plus de eerste foto van de echo van hun komende kleinkind die Melanie pas had laten maken. Het maken van dit boek kostte de nodige voorbereidingstijd, wat ze er allemaal overigens met liefde voor overhadden. Het beloofde een uniek boekwerk te worden, van dertig jaar liefde en geluk. Van Dianne, Vivienne en Bo kwam er zowel een kinderfoto als een recente foto in te staan. Bo had hier nog even tegen geprotesteerd omdat ze meende dat zij niet thuishoorde in dit document, maar Bianca, Arnoud en Annemie hadden rustig verklaard dat dit onzin was.

'Het gaat niet alleen om ons gezin, maar om alle mensen die daarbij horen en die ook belangrijk voor onze ouders zijn,' had Arnoud verklaard. 'Jij hoort daar zeker bij, net als Vivienne en Dianne. Die zijn ook geen familie in de letterlijke betekenis van het woord, maar gevoelsmatig wel. Kun je nagaan hoe moeilijk ik het vroeger had, met twee echte en twee surrogaatzussen,' had hij daar lachend aan toegevoegd.

'Tegenwoordig, met Melanie en jou erbij, heeft hij helemaal geen leven meer,' grinnikte Bianca. 'Hij hoopt dan ook heel erg dat de baby een jongen wordt.'

Precies op tijd, enkele dagen voor de trouwdag, was het boek helemaal af. Eenparig waren ze van mening dat het schitterend was geworden. Arnoud had zelfs gezorgd voor foto's van alle huizen die het gezin in de loop der jaren had bewoond, inclusief de zolder van het herenhuis waar Leo en Emma destijds hun huwelijk waren begonnen. De huidige bewoners, eveneens een jong stel van wie dit de eerste gezamenlijke woonruimte was, had direct toestemming gegeven om binnen te fotograferen toen ze hoorden voor welk doel het was.

Leo en Emma vierden deze mijlpaal met een diner voor hun gezin plus Vivienne, Bo, Dianne en Steven. In het exclusieve restaurant hadden ze een apart zaaltje gereserveerd, zodat er tussen de gangen van het diner door ook gedanst kon worden. Nog voordat het voorgerecht geserveerd werd begonnen Leo en Emma daar al mee, onder luide aanmoedigingen van hun kroost en de aanhang. In elkaars armen zwierden ze bevallig over de kleine dansvloer, op de muziek waar ze dertig jaar geleden, op hun bruiloft, ook het bal mee geopend hadden.

'Wat geweldig,' verzuchtte Dianne terwijl ze tegen

Steven aan leunde. Dromerig volgde ze de bewegingen van het stel op de dansvloer. 'Dat je na dertig jaar nog zoveel van elkaar kunt houden, dat is tegenwoordig toch wel uniek. Moet je zien, ze gaan helemaal in elkaar op, nog steeds.'

'Het is een geweldig stel mensen,' knikte Steven.

'Denk je dat wij dat ook gaan redden?' vroeg Dianne hoopvol.

Steven lachte en gaf haar snel een zoen. 'Met jou maak ik met gemak de zestig jaar vol,' beloofde hij. 'We zijn nu vijfentwintig, dus het moet geen probleem zijn om dat te halen. Alleen is dansen er dan niet meer bij, ben ik bang.'

'Met behulp van onze rollator,' grijnsde Dianne. Inmiddels was de muziek gestopt en samen met de rest klapte ze enthousiast voor het bruidspaar.

De avond werd een groot succes. Leo en Emma hadden aangegeven dat ze geen cadeaus wilden krijgen, maar dat ze liever wilden dat het geld dat daar anders aan uitgegeven zou worden, gedoneerd zou worden aan een door hen uitgekozen goed doel. Na het hoofdgerecht overhandigde Arnoud het onder elkaar opgehaalde bedrag plechtig aan zijn ouders.

'Maar dit is niet alles,' vervolgde hij na een dankwoord van Leo. 'Helemaal geen cadeaus vonden we toch een beetje kaal, dus hebben we een knutselwerkje gemaakt. Lieve mam en pap, dit is van ons allemaal. We hopen dat het in de smaak valt en dat jullie hier veel plezier aan zullen beleven.'

Nieuwsgierig trok Emma aan het lint dat om de ingepakte doos heen gestrikt zat. Verbaasd haalde ze het grote album tevoorschijn. Haar ogen vulden zich met tranen toen ze begreep wat ze in haar handen hield.

'O, kijk nou,' stamelde ze. 'Leo, kijk eens. Wat prachtig! O jongens, wat lief van jullie. Dertig jaar samengevat in één album. Dit is het mooiste cadeau dat we hadden kunnen krijgen.'

'Het is jullie van harte gegund,' zei Bianca ontroerd. Ze moest even een brok in haar keel wegslikken bij het zien van haar moeders reactie. Ze hadden natuurlijk wel verwacht dat ze er blij mee zouden zijn, maar dat ze er zo enthousiast over was had niemand in kunnen schatten. Totaal verloren voor haar omgeving boog ze zich aandachtig over het boekwerk heen, Leo wijzend op alles wat ze ontdekte.

'Wat mooi, wat mooi,' herhaalde ze steeds weer.

Pas toen de ober tien minuten later binnenkwam met het dessert, legde ze het document terug in de doos, bang dat er iets op gemorst zou worden.

'Ik denk dat ik morgen niets anders ga doen dan dit boek bekijken,' zei ze met stralende ogen. 'Dit is echt geweldig, jullie hebben ons hier een enorm plezier mee gedaan.' Ondanks het ijs dat voor haar werd neergezet, stond ze op om iedereen persoonlijk te omhelzen en te bedanken.

'Vinden jullie het niet vervelend dat ik er ook in sta?' kon Bo niet nalaten te vragen. Ondanks dat ze tegenwoordig veelvuldig met deze mensen omging en ze zich helemaal in de groep opgenomen voelde, stak haar vroegere onzekerheid nog regelmatig de kop op.

Emma keek haar oprecht verbaasd aan. 'Natuurlijk niet. Ik zou het juist heel erg gevonden hebben als jij, Dianne en Vivienne hadden ontbroken in dit boekwerk. Dit gaat over dertig jaar familie Verbrugge en daar horen jullie allemaal net zo goed bij. Lieve kind, wij zijn één grote familie met elkaar, dat weet je toch? Ik hoop tenminste dat jullie dat net zo voelen als wij.'

'Zeker weten,' zei Dianne terwijl ze Emma nogmaals

omhelsde. 'Nu we hier toch met z'n allen bij elkaar zijn, wil ik meteen van de gelegenheid gebruikmaken om jullie te bedanken voor alles wat jullie voor ons, en speciaal voor mij, gedaan hebben. Dankzij jou en Leo ben ik die akelige tijd na het overlijden van mijn ouders doorgekomen en door jullie heb ik toch nog het gevoel dat ik ergens een ouderlijk huis heb.'

'We beschouwen jullie als onze eigen dochters, laat dat duidelijk zijn,' zei Emma hartelijk. Tersluiks veegde ze een traan uit haar ooghoek. 'Tjonge, straks staan we hier en bloc te huilen met z'n allen. Dit is een feestdag, hoor, daar horen geen tranen bij. Laten we ons ijs eten voordat dat helemaal gesmolten is.'

De luchtige stemming keerde weer terug en de avond werd besloten met algemeen gelach en heen en weer vliegende plagerijtjes. Tegen elven braken ze op. Emma klemde de doos met het album tegen haar borst aan alsof dit het meest kostbare was wat ze bezat. Zo voelde het ook voor haar. Ze begreep heel goed hoeveel werk hierin gestoken was en ze was dankbaar voor het feit dat hun kinderen dat voor hen hadden overgehad. De liefde en de warmte binnen hun gezin sprak er duidelijk uit en dat vervulde haar, behalve met dankbaarheid, ook met trots. Het was niet altijd makkelijk geweest, zeker niet in hun beginjaren, maar het was hun toch maar gelukt om een goed, harmonieus gezin te vormen. Hun kinderen waren opgegroeid tot leuke, verstandige en sociale volwassenen, iets wat zeker niet vanzelfsprekend was.

Dianne en Steven hadden het aanbod van Arnoud om hun een lift naar huis te geven afgeslagen. Hun flat was op slechts tien minuten loopafstand van het restaurant en met dit mooie weer vonden ze het vervelend om in een bedompte auto te gaan zitten. Met de armen om elkaar heen geslagen slenterden ze op hun gemak door de binnenstad.

'Het was een geweldige avond,' zei Dianne. 'Dit soort avonden zijn altijd een beetje dubbel voor me. Aan de ene kant voel ik dan heel zwaar het gemis van mijn eigen ouders en besef ik dat ik dergelijke hoogtepunten nooit meer met hen samen zal beleven, aan de andere kant ben ik blij dat ik dit met Emma en Leo wel mag meemaken.'

Steven knikte, hij wist precies wat ze bedoelde. 'Het gezin Verbrugge is een mooie vervanging, als ik het zo mag noemen, maar je had liever je eigen ouders gehad.'

'Ja, maar zo werkt het nu eenmaal niet in het leven. In ieder geval ben ik blij met wat ik wel heb,' besloot Dianne. Ze kneep even in zijn hand. 'Met jou voorop, natuurlijk.'

Hij lachte naar haar. 'Ik ben blij dat ik niet ergens onderaan bungel. Besef jij trouwens dat er een heel vrij weekend voor ons ligt, zonder afspraken? Bedenk eens iets leuks om te gaan doen.'

'We zouden morgenavond kunnen gaan bowlen,' bedachte Dianne. 'Het is heel lang geleden dat we dat gedaan hebben. Hè ja, en dan daarna ergens dansen.'

'Goed plan. O, wacht even, mijn telefoon.' Tijdens het lopen viste Steven zijn mobiel uit zijn jaszak. 'Bruno,' zag hij op het scherm.

Dianne zuchtte inwendig. Bruno was de gitarist van hun bandje en tevens degene die het zakelijke gedeelte beheerde. Een telefoontje van hem betekende meestal een boeking voor een optreden. Gezien het late tijdstip waarop hij nu belde, zou het wel eens een spoedklus kunnen zijn. Helaas kreeg ze gelijk. Nadat hij het gesprek beëindigd had, keek Steven haar spijtig aan.

'Sorry schat, ik moet morgenavond optreden op een bruiloft. De band die geboekt was is plotseling uit elkaar

gegaan en heeft alle afspraken afgezegd. Dat bruidspaar zit met hun handen in het haar, dit kunnen we niet weigeren.'
'Natuurlijk niet,' was Dianne het met hem eens. 'Maar wel jammer. Ik had me erop verheugd om eens een zaterdagavond met jou alleen door te brengen, dat gebeurt maar zelden.'
'Ik maak het goed met je,' beloofde Steven berouwvol. 'Volgende week zaterdag staat er ook nog niets gepland, ik zal tegen Bruno zeggen dat ik die avond niet beschikbaar ben.'
'Volgende week zaterdag heb ik die receptie van mijn werk,' hielp Dianne hem herinneren.
'Dan kijken we straks even in de agenda wanneer mijn eerstvolgende vrije zaterdagavond is en dan zetten we die vast voor ons samen,' besloot Steven.
Dianne knikte ten teken dat dit goed was, maar ze wist al bij voorbaat dat het nog wel eens heel lang kon duren voor het zover was. Zaterdagavond was nu eenmaal de avond bij uitstek voor een feestje en de band van Steven was behoorlijk populair in de regio. Er ging bijna geen week voorbij zonder optredens, de meeste daarvan stonden al maanden van tevoren geboekt.
Enfin, het was nu eenmaal zo, dacht ze gelaten. Ze piekerde er niet over om te gaan zeuren of te pruilen, dat was niets voor haar. Gelukkig bleven er nog genoeg andere avonden over waarop ze wel samen waren, al vielen die dan meestal niet in het weekend. Maar op een gewone dinsdagavond hadden ze het ook fijn met elkaar, troostte ze zichzelf.
'Dan ga ik morgen wel met de meiden op stap,' zei ze. 'Op zaterdagavond in mijn eentje thuiszitten vind ik geen optie.'
Ze sliepen de dag erna lang uit, waarna Steven vertrok

om met zijn band te repeteren voor het optreden van die avond. Dianne belde haar vriendinnen om af te spreken voor die avond, maar kreeg daarbij weinig gehoor. Bo voelde zich niet goed en bleef liever thuis, Bianca had al afgesproken met een collega van haar en Vivienne moest naar de verjaardag van haar oma. Omdat zij het enige kleinkind was en haar ouders ook al niet konden komen vanwege de afstand, wilde ze dat niet afzeggen. Alleen Annemie reageerde enthousiast op Dianne's voorstel en ze spraken af dat Dianne haar om tien uur die avond zou komen ophalen.

'Kunnen we niet beter met de bus gaan?' vroeg Annemie zich af. 'Dan kun jij tenminste ook gewoon drinken als je daar trek in hebt.'

'Welnee,' wimpelde Dianne dat af. 'Je weet dat ik meer dan genoeg heb aan twee wijntjes, daarna ga ik over op limonade. Ik ben nu eenmaal niet zo'n drankorgel als jij,' plaagde ze.

'Gelukkig valt dat nog wel mee. Nou ja, we kunnen altijd nog een taxi terug nemen als dat nodig mocht zijn. Gezellig, Dian, dan zie ik je straks.'

Dianne kleedde zich die avond met zorg. Ze had echt zin in het uitstapje, al was het jammer dat ze maar met zijn tweeën waren. Uitgaan was met een groep toch altijd veel gezelliger, al twijfelde ze er niet aan dat ze het met alleen Annemie ook naar haar zin zou hebben. Ondanks het leeftijdsverschil van vijf jaar konden ze goed met elkaar overweg en Annemie was leuk gezelschap. Ze zat nooit om woorden verlegen, kende heel veel mensen in het uitgaanscircuit en maakte makkelijk nieuwe contacten. Voor Dianne, die niet zo snel op iemand af durfde te stappen, was dat erg prettig, want op die manier leerde ook zij weer nieuwe mensen kennen.

Zonder haar vriendinnen zou ze heel vaak in de weekenden alleen thuiszitten, wist ze, want in haar eentje weggaan was niets voor haar. Daar was ze veel te verlegen voor.

Stipt om tien uur arriveerde ze bij de familie Verbrugge, waar ze als altijd hartelijk onthaald werd. 'Ik heb appeltaart gebakken toen ik hoorde dat je kwam,' zei Emma. Het werd Dianne warm om het hart. Dit simpele gebaar vertelde meer dan in woorden hoe welkom ze hier was. Dat was iets wat je voor je eigen kinderen deed, iets klaarmaken waarvan je wist dat ze het lekker vonden. Ze vond het heel bijzonder dat Emma dat speciaal voor haar gedaan had.

Het album dat Emma en Leo de avond daarvoor gekregen hadden, lag opengeslagen op tafel.

'Ik heb de hele dag geen last van Emma gehad,' vertelde Leo lachend met een liefdevolle blik naar zijn vrouw. 'Ze is alleen maar met dat album bezig geweest. Ik geloof dat ze het al honderd keer van voor naar achter gelezen heeft.'

'En jij zeker niet?' kaatste Emma direct terug. 'Hij kent alle passages erin al uit zijn hoofd, hoor. Ik kan jullie niet vertellen hoe blij we met dat album zijn. Het is echt onze geschiedenis, gebundeld tot een boek. Ons leven in woord en beeld. Jullie moeten daar heel veel werk aan gehad hebben.'

'Jij vist naar complimentjes,' plaagde Dianne. 'Je wilt horen dat we dat helemaal niet erg vonden en dat je dat dubbel en dwars waard bent, maar dat zeg ik mooi niet. Integendeel, we vonden het vreselijk om dat boek te maken en hebben het zo snel mogelijk afgeraffeld.'

'Als ik dat had geweten, had ik mooi die appeltaart niet gebakken,' zei Emma. Uiterst voorzichtig legde ze het album terug in de doos, waarna ze die afsloot en hem in de grote wandkast legde. 'Ik ben van plan om heel vaak in dat album te kijken.'

Annemie kwam de kamer binnen, ze rolde met haar ogen bij die woorden van haar moeder.

'Is mam alweer met dat album bezig? Ik begin er bijna spijt van te krijgen dat we dat gemaakt hebben.'

'Je zeurt maar een eind weg, ik ben er dolblij mee,' zei Emma tevreden.

Dianne wentelde zich in deze sfeer als in een warm bad. Ze had niets te klagen over haar leven, maar door Stevens veelvuldige optredens en repetities met zijn band, was ze best vaak alleen en soms voelde ze zich zelfs ronduit eenzaam. Zodra ze hier binnenkwam, had ze echter het gevoel dat ze thuis was. Eigenlijk had ze niet eens meer zoveel zin om nu naar een bar te gaan, want hier was het warm, prettig en gezellig. Annemie begon echter luidkeels te protesteren toen ze aarzelend een opmerking in die richting maakte.

'Niks ervan, we gaan gewoon stappen,' zei ze verontwaardigd. 'Thuiszitten kan ik mijn hele leven nog, dat doe ik wel als ik zestig of zeventig ben. Kom op, Dian, hijs jezelf overeind en doe wat jonge mensen horen te doen, namelijk uitgaan en feesten.' Zonder plichtplegingen trok ze Dianne aan haar arm omhoog van de comfortabele bank waar ze op zat.

'Vooruit dan maar,' gaf die slachtofferig toe. 'Maar ik doe het alleen voor jou, dat begrijp je zeker wel.'

'Dat kan me mooi niets schelen,' reageerde Annemie daarop.

Lachend en kletsend vertrokken ze naar het centrum, waar diverse uitgaansgelegenheden gevestigd waren. De lust om uit te gaan, die eventjes weggezakt was, kwam weer terug bij Dianne nu ze eenmaal op weg waren. Ze nam zich voor om er een gezellige avond van te maken.

5

In een rustige straat, vlak bij een club waar Annemie graag naartoe wilde gaan, vond Dianne een parkeerplekje. Ze vulden de parkeermeter en liepen gearmd naar het bewuste gebouw. Deze club was pas een paar maanden open, maar werd druk bezocht door zowel jongeren als een iets ouder publiek. Binnen waren diverse ruimtes, die wel in elkaar overliepen, maar die toch duidelijk allemaal een ander doel hadden. In één ruimte kon gedanst worden, in een andere stonden lage, zachte loungebanken.

'Die lijken me wel wat voor straks,' zei Annemie, in de richting van de banken wijzend. 'Maar eerst wil ik dansen.' Ze trok Dianne mee de dansruimte in, waar het nog vrij rustig was. De muziek was hier een stuk luider dan in het loungegedeelte, maar gelukkig niet zo hard dat het voeren van een normaal gesprek niet mogelijk was. Annemie, die nooit kon stilzitten, trok Dianne mee de dansvloer op en bijna een halfuur lang leefden ze zich uit op de klanken van de muziek.

'Even wat drinken,' riep Dianne toen terwijl ze zichzelf koelte toewaaide met haar handen. Het zweet liep langs haar rug en ze had het gevoel of al haar kleren aan haar lichaam plakten. Haar hoofd zag er waarschijnlijk uit als een biet, vermoedde ze. Ze begreep niet waar Annemie al die energie vandaan haalde. Die wuifde haar vrolijk na en bleef zelf doordansen. Dat ze nu in haar eentje op de dansvloer stond, scheen haar niet te hinderen. Dianne's plek werd even later trouwens al ingenomen door een jonge man, zag ze vanaf haar plekje aan de bar. Ze bestelde een witte wijn bij de barman en dronk die op haar gemak leeg terwijl ze naar de wild bewegende lichamen voor haar keek. Kijken was eigenlijk net zo leuk als het dansen zelf, ontdekte ze. Sommige mensen maakten er een complete show van, anderen deinden alleen wat heen en weer op de maat van de muziek.

'Leuk hè, kijken hoe anderen zich aanstellen?' klonk ineens een geamuseerde stem naast haar. Een man van een jaar of dertig was op de kruk naast Dianne gaan zitten, ook hij liet zijn blik over de dansvloer dwalen. Daarna richtte hij zijn ogen op haar. 'Ik ben zelf niet zo'n danser, maar ik geniet van het kijken. Jij weerde je daarnet trouwens aardig, moet ik zeggen.'

'Zo moeilijk is het niet, als je de muziek maar een beetje volgt,' lachte Dianne.

'Ik ben volledig amuzikaal,' bekende hij. 'Mijn vorige vriendin heeft ooit een poging gedaan om me de edele kunst van het stijldansen bij te brengen, maar na drie lessen zag ze in dat dit onbegonnen werk was. Ze heeft, geloof ik, nog steeds last van haar tenen, hoewel we al maanden uit elkaar zijn.'

'Het nadeel van stijldansen is dat je de passen uit je hoofd moet leren. Met dit soort muziek is dat niet nodig. Hier zul je niet snel iemand mee verwonden.'

'Nou…' Hij keek bedenkelijk naar een man die volledig in het wit gekleed was en die wild met zijn armen heen en weer zwaaide. 'Als je niet uitkijkt, heb je zo een knal in je gezicht te pakken van hem.'

Dianne grinnikte. 'Ik zit hem al even te observeren. Iedereen die bij hem in de buurt komt, zie je steeds angstig wegduiken. Geweldig.'

'Volgens mij hebben wij hetzelfde gevoel voor humor.' Hij stak zijn hand naar haar uit en liet daarbij zijn ogen bewonderend over haar heen gaan. 'Patrick.'

'Dianne,' stelde zij zich op haar beurt voor.

'Leuke naam, apart. Wil je nog iets drinken, Dianne?'

'Een witte wijn graag.'

Even later overhandigde hij haar een vol glas, met weer even zo'n snelle blik langs haar lichaam. Dianne glimlachte gevleid. Ze was stapelgek op Steven en zeker niet van plan om op de versierpoging van een ander in te gaan, maar het streelde haar ijdelheid dat deze Patrick haar blijkbaar erg leuk vond. Zelf zag hij er trouwens ook niet slecht uit, oordeelde ze. Hij was lang, had een mooie bos donkere krullen en een prettig gezicht. Niet overdreven knap, maar zeker het aanzien waard. Patrick bleek ook een vlotte prater te zijn en ze amuseerde zich best met hem. Annemie had aansluiting gevonden bij een groepje dat aan de andere kant van de ruimte stond. Dianne zwaaide even naar haar en richtte haar aandacht toen weer op Patrick. Ze wezen elkaar op opvallende types op de dansvloer en vermaakten zich met de capriolen die sommige mensen uithaalden om maar vooral gezien te worden. Zodra Dianne's glas leeg was, bestelde Patrick direct een nieuw voor haar. Dorstig van het dansen, dronk ze dat in één teug leeg.

'Jij weet er wel raad mee,' merkte Patrick op.

'Dat valt wel mee, hoor. Meestal word ik juist saai genoemd omdat ik zo weinig drink,' vertrouwde Dianne hem toe. 'Ik ben nog nooit dronken geweest.'

'Jammer.' Hij knipoogde naar haar. 'Ik ben dol op dronken vrouwen.'

'In dat geval heb je dus pech.'

'Dat ligt eraan.' Patrick boog zich naar haar toe en keek haar diep in haar ogen. Zijn hand bleef rusten op haar dijbeen. 'Misschien vind je me nuchter ook aantrekkelijk genoeg om straks met me mee naar huis te gaan?'

Vriendelijk maar beslist pakte Dianne zijn hand en legde hem terug op zijn eigen been. 'Ik heb een vriend, we wonen samen,' zei ze eerlijk. 'Ik vind jou een leuke vent, maar meer dan samen iets drinken en praten zit er niet in.'

'Het zit me niet mee vanavond,' zei hij spijtig. 'Jammer. Ik vind je erg aantrekkelijk, maar als de zaken zo liggen, ga ik proberen of ik bij een ander wel succes kan boeken.' Hij wenkte de barman en bestelde nog een wijn voor haar. 'Neem nog iets te drinken van me. Tot ziens, Dianne.'

Met een katterig gevoel bleef Dianne achter terwijl Patrick op zoek ging naar een nieuwe prooi. Hoewel zij hem afgewezen had, voelde ze zich toch alsof ze was gewogen en te licht was bevonden. Blijkbaar vond hij haar alleen maar leuk omdat hij dacht dat hij bij haar kon scoren, nu dat niet zo bleek te zijn werd ze afgedankt. Automatisch dronk ze alweer een glas wijn leeg, de vierde al van die avond. Normaal gesproken stopte ze na twee wijntjes, zeker als ze nog moest rijden, maar daar stond ze niet eens bij stil. Deze wijn smaakte haar goed en ze voelde zich nog prima. Overigens had ze het nu wel gezien hier. Ze zou Annemie opzoeken en voorstellen om naar een andere club te gaan. Zoekend keek ze om zich heen, ze ontdekte haar vriendin bij hetzelfde groepje mensen van daarnet. Snel liep ze naar haar toe.

'Zullen we zo gaan?' vroeg ze. 'Ik vind het hier toch een beetje tegenvallen.'

'Echt? Ik amuseer me prima. Jaap is trouwens net iets te drinken halen. Neem jij er ook nog eentje, dan gaan we daarna op zoek naar iets anders,' stelde Annemie voor. Ze wenkte een lange jongen die aan de bar stond. 'Jaap! Ook één voor mijn vriendin hier!' riep ze, wijzend op Dianne. Hij knikte ten teken dat hij haar gehoord had en weer werd er even later een glas wijn in Dianne's handen gedrukt. Eigenlijk wilde ze niet meer, maar ze kon het moeilijk teruggeven. Met het glas in haar handen luisterde ze naar het drukke gepraat van het groepje mensen, die medestudenten van Annemie bleken te zijn. Onwillekeurig nam ze toch steeds weer een slok, om zichzelf een houding te geven. Ze wilde niet als een zeurend kind aan Annemie's rokken gaan hangen, dus wachtte ze geduldig tot haar vriendin zelf aanstalten maakte om weg te gaan.

'Gaan we?' vroeg Annemie op een gegeven moment. Dianne knikte. Snel leegde ze haar glas en zette het terug op de bar. Dat had ze ook eerder kunnen doen, voor ze het leegdronk, ontdekte ze. Enfin, ze had nog steeds nergens last van. Haar benen trilden niet en haar hoofd voelde niet licht aan, wat ze normaal gesproken wel snel had als ze alcohol dronk.

'Ik weet nog een andere leuke tent,' zei Annemie terwijl ze in de garderobe hun jassen opzochten. 'Die is alleen niet hier in het centrum, maar aan de rand van de stad, bij die nieuwe wijk.'

'Dat stuk ga ik dus niet lopen, we pakken de auto wel.'

Vanuit de warmte binnen liepen ze de koude avondlucht in. Dianne rilde in haar dikke jas. Door de plotselinge kou voelde haar hoofd ineens vreemd licht aan en ze wankelde even.

Annemie kon haar nog net aan haar arm vastgrijpen voor ze om zou vallen.

'Gaat het wel helemaal goed met jou?' vroeg ze bezorgd.

Dianne giechelde. 'Daar was ik haast onderuitgegaan. Dat gebeurt me anders nooit.'

'Je bent vast dronken,' lachte Annemie vrolijk met haar mee. Zelf stond ze ook niet al te stevig meer op haar benen. Omdat het binnen zo warm was, had ze veel en in een snel tempo gedronken. Ze voelde nu pas het effect daarvan, net als Dianne. Grinnikend om niets en elkaar stevig vasthoudend, liepen ze naar Dianne's auto. Annemie opperde nog even om een taxi te nemen, maar Dianne wuifde dat weg.

'Ben je gek, ik ben prima in staat om te rijden, hoor.'

'Weet je het zeker?'

'Je kent me toch?' zei Dianne luchtig. 'Ik stap nooit in de auto als ik te veel opheb.'

Dat was absoluut waar, dus stapte Annemie zonder verdere protesten in. Dianne was altijd de verantwoordelijkheid zelve, die nam geen risico's.

Ondanks die stoere bewering voelde Dianne zich toch licht duizelig. Ze moest even goed nadenken waar ook alweer het contact van haar auto zat en ze moesten allebei vreselijk lachen toen ze haar sleutel ernaast stak. Door twee andere wagens was haar auto behoorlijk klemgezet en het vereiste heel wat stuurmanskracht om ongeschonden hun parkeerplekje te verlaten, maar uiteindelijk lukte dat zonder problemen.

'Zie je wel?' zei Dianne, meer om zichzelf te overtuigen dan Annemie. 'Ik mankeer niets. Het kwam door de kou dat ik bijna omviel, het was daar binnen ook zo benauwd.'

Met een stevige vaart reed ze weg, al haar aandacht bij het verkeer en de weg houdend. Woest knipperde ze met haar ogen om het wazige beeld dat ze had weg te halen. Het begon zachtjes te regenen, desondanks kwam het niet in Dianne's hoofd op om de ruitenwissers aan te zetten. Diep over het stuur heen gebogen tuurde ze door de voorruit. In de verte doemde een kruising op, de verkeerslichten sprongen net op groen. Stevig drukte ze het gaspedaal nog wat verder in, zodat ze nog net over kon steken voor het licht op oranje sprong.

Vanuit het niets doemde er van rechts ineens een andere auto op, die zonder gas terug te nemen de hoek om scheurde. Dianne schrok op. In een poging de andere auto te ontwijken gooide ze haar stuur met een ruk naar links. Ze voelde haar banden onder haar wegglijden op het natte asfalt. De auto draaide een paar keer om zijn as heen en kwam toen met een enorme klap met de passagierskant tegen een lantaarnpaal aan tot stilstand. Dianne werd wild heen en weer geschud in haar gordel. Haar hart klopte in haar keel en haar hele lijf trilde bij het besef wat er gebeurd was. Duizelig leunde ze met gesloten ogen tegen haar hoofdsteun aan. Pijn voelde ze niet, ze was alleen ontzettend geschrokken. Nog nooit eerder in haar leven had ze een ongeluk gehad en de snelheid waarin het zich allemaal afgespeeld had, verbijsterde haar. Ze merkte dat ze haar adem inhield en liet langzaam de lucht uit haar longen ontsnappen.

'Dat waren een paar angstige seconden,' zei ze moeizaam, nog steeds met haar ogen dicht. Ze kreeg geen antwoord van Annemie, dus draaide ze haar hoofd naar rechts om naar haar vriendin te kijken. Wat ze zag vervulde haar met afgrijzen. Zonder dat ze het tegen kon houden begon ze te gillen.

Het leek op een nachtmerrie waar ze maar niet uit kon komen. Steeds weer hield Dianne zichzelf voor dat ze midden in een enge droom zat, dat dit niet echt gebeurde. Uit alle macht probeerde ze wakker te worden, maar dat lukte niet. Achteraf wist ze niet meer precies te vertellen hoe ze uiteindelijk in het ziekenhuis belandde. Ze herinnerde zich slechts flitsen van mensen die zich om haar auto heen dromden, de kreten van afgrijzen die er geslaakt werden, de blauwe zwaailichten van de ambulance en de politiewagens en Annemie, die in een hele rare houding scheefgezakt in de passagiersstoel zat. Het was allemaal heel wazig voor haar. Het enige wat haar haarscherp bij was gebleven, was de manier waarop de ambulancebroeder in Annemie's hals had gevoeld en daarna zijn hoofd schudde tegen zijn collega. Met alles wat in haar was hoopte Dianne dat ze dit verkeerd had gezien. Als het in ieder geval maar niet betekende waar ze zo bang voor was! Daarna was er een agent geweest die haar had gedwongen in een apparaatje te blazen, werden haar gegevens genoteerd en hielp de ambulancebroeder haar in de ziekenwagen. Ze kon zich niets herinneren van de rit naar het ziekenhuis, het volgende wat ze besefte was dat ze in een kamertje op de spoedeisende hulp zat, met twee agenten bij haar. Slechts heel langzaam begon alles tot haar door te dringen.

'Wat gaat er nu gebeuren?' vroeg ze suf aan een agent.

'U wordt eerst onderzocht op eventueel letsel. De wond op uw hoofd zal waarschijnlijk gehecht moeten worden,' zei hij met een vaag handgebaar.

Dianne fronste haar wenkbrauwen. Wond op haar hoofd? Voorzichtig voelde ze met haar hand. Er zat een verband om haar hoofd gewikkeld, merkte ze. Waarschijnlijk aangebracht door een van de verpleegkundigen van de ambulance, maar ze had er niets van gemerkt. Gek, ze voelde nog steeds helemaal geen pijn. Ze zag nu ook de blauwe verkleuring op haar linkeronderarm, ook iets wat ze niet eerder opgemerkt had. Ook daar voelde ze niets van.

'Ik heb helemaal geen pijn,' zei ze verbaasd.

'Dat komt door de shock. Morgen zal dat vast anders zijn,' zei de andere agent nu. Verbeeldde ze het zich of klonk er iets van leedvermaak in zijn stem door?

'Als u hier klaar bent, maken we proces-verbaal op,'

zei de ander op rustige toon. 'Er wordt u rijden onder invloed ten laste gelegd. Uw rijbewijs wordt ingenomen en er zal waarschijnlijk ook een fikse boete volgen, maar dat is aan de rechter om die te bepalen.'

'Het was mijn schuld, hè?' vroeg ze kleintjes.

'U hebt in ieder geval veel te veel gedronken en dat telt zwaarder dan het feit dat die andere wagen te hard reed. U bent behoorlijk de fout ingegaan, dat is zeker.'

'En Annemie... Ik bedoel... Ze wordt toch wel beter?' vroeg Dianne angstig. Diep in haar hart wist ze het antwoord hier al op, maar daar wilde ze niet aan denken. De blik die de twee agenten met elkaar wisselden zei echter genoeg.

'Ah, daar is de dokter,' zei een van de agenten toen opgelucht. Snel stond hij op, blij dat hij geen antwoord hoefde te geven op haar vraag.

'Is ze...? Is ze... dood?' Ze wrong die woorden uit haar keel. Paniek welde in haar op toen de andere agent langzaam knikte. Annemie was dood! Dood door haar schuld! Dianne hapte naar adem. Het bloed gonsde door haar hoofd en als de dokter niet net op tijd ingegrepen had, was ze zo van haar stoel af gegleden. Wanhopig klemde ze zich aan zijn arm vast. 'Het is niet waar! Zeg alsjeblieft dat het niet waar is!' smeekte ze. Huilen kon ze niet. De tranen brandden achter haar ogen, maar ze kwamen niet naar buiten.

Er kwam geen antwoord. De ene agent keek haar aan met medelijden in zijn ogen, zijn collega met minachting. Kleintjes dook Dianne in elkaar. Ze kon het hem niet eens kwalijk nemen. Wat had ze gedaan? Wat had ze in vredesnaam gedaan? Ze had nooit achter het stuur mogen kruipen met vijf glazen wijn op. Waarom had ze dat niet beseft? Zij deed nooit dergelijke dingen, was daar juist altijd fel op tegen. En nu, de ene keer dat ze de mist in was gegaan, was dit het afschuwelijke gevolg.

Als verlamd liet ze zich behandelen aan haar verwondingen. Als de snee op haar voorhoofd zonder verdoving was gehecht, had ze het waarschijnlijk ook niet eens gevoeld. Alles om haar heen was één grote, mistige vlek. Ze sloot haar ogen in een poging de realiteit even buiten te sluiten. Het beeld van Annemie zoals ze eruit had gezien na de botsing, met het bloed over haar gezicht stromend en haar ogen star opengesperd, kwam echter onmiddellijk op haar netvlies. Snel deed Dianne haar ogen weer open. Misselijkheid welde in haar op. Ze merkte amper dat zowel de arts als de agenten het kamertje verlieten, het gordijn achter zich dichttrokken en daarachter op gedempte toon met elkaar praatten. Dof staarde ze naar het witte plafond. Ze ontwaakte pas uit deze starre houding toen ze bekende stemmen in de gang hoorde. Snel schoot ze overeind, wat een nieuwe duizeling tot gevolg had. Duidelijk hoorde ze de stem van Emma, die hoog uitschoot, met meteen daarop een luid gesnik. Daar tussendoor weerklonk het sonore stemgeluid van Leo, even kalm als altijd, ondanks het onvoorstelbare drama dat zich net had afgespeeld. Ook Bianca hoorde ze nu duidelijk. Dianne probeerde op te staan, maar dat bleek onmogelijk. Haar hele lichaam trilde en haar benen leken wel van pap. Toen ze probeerde te roepen, kwam er slechts een raspend geluid uit haar keel. Pas bij de derde poging lukte het haar om verstaanbaar over te komen en de naam van Bianca te roepen.

Een van de agenten trok het gordijn iets opzij en keek haar aan.

'Het lijkt me beter dat u zich rustig houdt,' zei hij niet onvriendelijk.

'Maar... Zij zijn... Die mensen zijn familie van me,'

bracht Dianne met moeite uit. 'Ik wil ze graag zien.'

'Onder deze omstandigheden denk ik...' De agent werd onderbroken door Bianca, die achter hem opdook, met een ruk het hele gordijn wegschoof en zich langs hem heen drong. 'Waar is ze?' schreeuwde ze. Met vuurschietende ogen keek ze naar het bed waar Dianne op lag. 'Kreng! Vuil, misselijk kreng!' krijste ze over haar toeren. Ze maakte een gebaar alsof ze Dianne aan wilde vliegen. De agent kon haar net op tijd vastpakken. Bianca gilde en trapte woest om zich heen. 'Dit is jouw schuld! Jij hebt haar vermoord!'

De hele afdeling was ineens in rep en roer. Samen met de arts voerde de agent Bianca af naar een andere kamer, in een poging haar rustig te krijgen. Dianne staarde hen verbijsterd na. In de consternatie was het gordijn open blijven staan. Aan het einde van de gang ontwaarde ze de witte gezichten van Emma en Leo. Met een smekend gebaar stak Dianne haar hand naar hen uit.

'Emma, Leo, alsjeblieft,' zei ze schor. 'Het spijt me zo!'

Met stijve benen kwam Emma een paar stappen haar richting op, halverwege de gang bleef ze staan. Haar gezicht was verwrongen van verdriet en uit haar ogen straalde pure haat.

'Jij...,' zei ze langzaam met een vreemde, harde stem. De warmte en liefde die ze altijd uitstraalde, waren volledig verdwenen. 'Jij hebt de dood van mijn kind veroorzaakt en dat zal ik je nooit vergeven. Hoor je me? Hier zal ik je altijd om blijven haten, zolang als ik leef. Hoe kun jij nog met jezelf leven nu je dit op je geweten hebt?'

Leo pakte haar bij haar schouders vast en dwong haar zachtjes om door te lopen.

'Kom, we gaan naar Bianca,' zei hij. Hij keek Dianne niet aan. 'Verspil alsjeblieft geen woorden meer aan haar, dat is ze niet waard.'

Verbijsterd en met brandende ogen zag Dianne hen samen weglopen. Onbewust schudde ze met haar hoofd. Dit kon niet. Dit gebeurde nog steeds niet echt. Ze kon niet in één klap zowel Annemie als haar hele familie kwijtgeraakt zijn, dat was onmogelijk. Er gebeurde ineens zo veel tegelijk dat ze het niet kon vatten. Ze wist niet wat ze voelde of wat ze moest doen. Eén ding wist ze echter wel: haar leven, en dat van een heleboel andere mensen, was voorgoed veranderd door een stomme fout. Een fout die ze nooit meer goed kon maken.

6

Het nieuws van deze tragedie werd met grote verslagenheid ontvangen. Vivienne wist nog van niets toen ze na een nachtje slapen bij haar oma de volgende ochtend thuiskwam. Dat de batterij van haar mobiele telefoon leeg was, ontdekte ze pas op het moment dat ze Dianne wilde bellen. Ze zocht haar oplader, sloot het toestel erop aan en merkte dat ze de avond ervoor diverse keren was gebeld, door zowel Bianca als Bo. Ze konden weer niet zonder me, grinnikte ze in gedachten. Enfin, eerst koffie, dan zou ze haar voicemail even afluisteren om te horen of er iets bijzonders aan de hand was. Waarschijnlijk niet. Haar vriendinnen belden haar om de haverklap, meestal zonder dringende reden. Zachtjes neuriënd pakte ze haar weekendtas uit en schakelde ze haar espressoapparaat in. Het was heerlijk om weer in haar eigen huis te zijn na de uren die ze in het bedompte, benauwde huis van haar grootmoeder had doorgebracht. Haar oma was een lief mens en Vivienne zocht haar met liefde af en toe op, maar veel hadden ze elkaar niet te vertellen. Oma kwam bijna nooit de deur meer uit en maakte weinig mee, zodat haar verhalen altijd over vroeger gingen. Vivienne had ze al talloze malen gehoord, al deed ze iedere keer opnieuw alsof ze aandachtig luisterde.

Net nadat alles opgeruimd was en ze met een kop verse koffie op de bank ging zitten, begon haar telefoon te rinkelen. Bo, zag Vivienne op de display.

'Het lijkt wel of jullie me gemist hebben,' nam ze

lachend op. Haar gezicht verstarde echter meteen bij het horen van Bo's ernstige stem.

'Er is een ongeluk gebeurd,' viel Bo met de deur in huis. 'Met Dianne en Annemie, gisteravond. Het is... Annemie...'

'Wat? Wat is er?' vroeg Vivienne scherp.

'Annemie heeft het niet overleefd.'

Die woorden kwamen als een bom bij Vivienne binnen. Verstard keek ze naar het toestel in haar hand. Al het bloed trok weg uit haar gezicht.

'Dat meen je niet,' zei ze schor.

'Was dat maar waar.' Bo zuchtte diep en trillend. Ze had de hele nacht gehuild, maar voor haar gevoel waren haar tranen nog lang niet op. Iedere keer opnieuw rolden ze over haar gezicht, zonder dat ze dit tegen kon houden.

'Het is zo vreselijk, Viev. Ze waren samen op stap toen het gebeurde.'

'En Dianne? Hoe is zij eraan toe?'

'Een paar kleine verwondingen slechts. Ik heb haar nog niet gezien of gesproken, ik ben nu bij Emma en Leo.'

'Ik kom er nu meteen aan,' zei Vivienne kort. Ze verbrak de verbinding voordat Bo alles precies uit de doeken kon doen. De rest zou ze zo wel horen, dacht ze terwijl ze haastig haar jas en schoenen aantrok en haar handtas pakte. De toedracht was trouwens niet zo belangrijk vergeleken bij dit nieuws. Weten hoe het gegaan was, veranderde niets aan de vreselijke feiten. Annemie... Lieve, vrolijke, idealistische Annemie was er niet meer. Dat was maar moeilijk te vatten.

Het drong pas echt tot Vivienne door toen ze het huis van Emma en Leo binnenkwam. De gezellige, huiselijke sfeer die daar gewoonlijk heerste was ver te zoeken. Emma sprong niet, zoals anders, overeind om haar te begroeten, maar bleef stil in haar stoel zitten. Haar ogen stonden donker van verdriet. Leo, Bianca en Bo zaten er zwijgend bij. Vivienne omhelsde hen allemaal, zonder dat ze wist wat ze moest zeggen. Woorden leken zo banaal in deze omstandigheden. Er was niets wat ze kon zeggen wat ook maar enige troost kon bieden.

'Is Arnoud er niet?' vroeg ze uiteindelijk.

'Ze zijn onderweg,' vertelde Bianca met een vlakke, toonloze stem. 'Ze waren een weekend naar Parijs, maar ze kunnen nu ieder moment hier zijn.'

'En Dianne? Hoe is het met haar?'

Emma schoot overeind uit haar apathische houding. Haar ogen schitterden ineens vervaarlijk. 'Die naam wil ik nooit meer in mijn huis horen!' schoot ze fel uit.

Vivienne keek haar verbijsterd aan. Dit was iets wat ze niet kon plaatsen.

'Het is haar schuld,' verduidelijkte Bianca terwijl ze naast haar moeder ging zitten en haar arm om haar heen sloeg. 'Ze had te veel gedronken en is toch achter het stuur gestapt. Zij heeft dit ongeluk veroorzaakt, door haar leeft Annemie niet meer.' Het klonk nog steeds volkomen toonloos, als een uit het hoofd geleerd lesje.

'Dianne?' vroeg Vivienne ongelovig. 'Dat kan niet. Zoiets doet zij niet.'

'Het is helaas maar al te waar,' zei Leo nu zacht. 'Onbegrijpelijk, maar waar.'

'Ik kan dit maar moeilijk geloven,' zei Vivienne hoofdschuddend. Aangeslagen leunde ze naar achteren. 'Dianne's tweede naam is verantwoordelijkheid. Zij doet nooit onbesuisde dingen. Ik heb haar nog nooit dronken gezien, in al die jaren niet.'

'Eén keer moet de eerste zijn,' zei Bianca hard. 'Als ze zichzelf te pletter had gereden had het me niets kunnen schelen, maar Annemie...' Haar stem brak. 'Zij heeft haar willens en wetens de dood ingejaagd door haar gedrag.'

'Dat kan onmogelijk haar bedoeling zijn geweest.'

'Ga haar alsjeblieft niet verdedigen, want daar zijn we absoluut niet van gediend. Dianne bestaat voor ons niet meer,' zei Emma hoog.

Vivienne ving net op tijd de waarschuwende blik en het korte hoofdschudden van Bo op voor ze hier tegenin ging. Ze slikte haar woorden in en stond op. 'Ik ga koffiezetten,' zei ze. 'Bo, kom jij me helpen?'

In de keuken leunde ze als een leeggelopen ballon tegen het aanrecht. 'Wat is dit allemaal?' fluisterde ze ontzet. 'Dit lijkt wel een nachtmerrie.'

Bo schokte met haar schouders. 'Dianne is in hun ogen de moordenaar van hun kind. Wie kan het ze kwalijk nemen in deze omstandigheden?' zei ze vlak.

'Maar dat kan toch niet zomaar? Dit kunnen ze niet menen!'

'O jawel. Ik heb ook al geprobeerd om met ze te praten, maar ze zijn onvermurwbaar. Bianca net zo goed als Emma en Leo.'

'Dianne is een van haar beste vriendinnen.'

'Ze haten haar voor wat ze gedaan heeft. Zo vreemd is dat ook niet, Viev. Kijk eens wat ze aangericht heeft,' zei Bo.

'Dat klinkt alsof je het met ze eens bent,' zei Vivienne met lage stem.

'Dat is te veel gezegd, maar begrip heb ik er wel voor, ja. Dianne was dronken. Een ongeluk kan iedereen overkomen, maar dit ligt even iets anders. Dergelijke ongelukken zijn volkomen onnodig en makkelijk te voorkomen. Als Dianne een taxi had genomen, had Annemie nu nog geleefd.'

'Annemie was er anders zelf ook bij,' merkte Vivienne

terecht op. 'Zij is zelf bij haar in de auto gestapt.'

'Dit soort opmerkingen zou ik binnen maar niet maken,' waarschuwde Bo haar. 'Ik heb Emma nog nooit zo gezien. Ze is in staat om jou ook uit haar huis te verbannen, vrees ik.'

'Hoe vreselijk ik dit allemaal ook vind en hoeveel medelijden ik ook met hen heb, ik ben toch niet van plan om Dianne zomaar te laten vallen,' zei Vivienne daarop. 'Of ze dat nou van me verwachten of niet. Zij is net zo goed een slachtoffer in dit drama.'

'Niet in hun ogen.'

Wanhopig keek Vivienne haar aan. 'Maar wat moeten we dan? Dianne hoort net zo goed bij ons, Bo. We vormen een quintet, weet je nog?'

Bo's mond vertrok tot een bittere streep. 'Een quintet min één dan toch,' zei ze cynisch. 'En op deze manier zelfs min twee. Ik vrees dat we voortaan als trio door het leven gaan.'

'Ik laat Dianne niet in de steek,' hield Vivienne koppig vol.

'Dan ben ik bang dat jij de enige van de hele familie bent die nog met haar om wil gaan.'

'En jij dan? Jij denkt er toch niet hetzelfde over?' Vivienne stelde deze vraag eigenlijk tegen beter weten in.

'Ik ben niet van plan om mijn oom en tante nog meer verdriet te doen dan ze al hebben,' antwoordde Bo inderdaad. 'Het is al moeilijk genoeg zonder dat wij de zaken nog eens extra gecompliceerd gaan maken. Sommige dingen moet je nu eenmaal accepteren, één daarvan is dat zij niets meer van Dianne willen weten. Onder de gegeven omstandigheden kan ik hun dat niet kwalijk nemen.'

'Jij kiest dus partij voor hen,' constateerde Vivienne.

'Het is geen kwestie van partij trekken. Misschien vind je het laf dat ik niet tegen hen in wil gaan, maar ze zijn mijn familie.'

'Tot gisteren aan toe hoorden we daar allemaal bij,' zei Vivienne bitter.

'Ik wil ze in ieder geval niet kwijt en ik ben bang dat dat wel gaat gebeuren als ik nu naar Dianne toe snel om haar te troosten.'

'Daar laat ik me niet door tegenhouden, al zou ik het afschuwelijk vinden als ze mij om die reden ook niet meer willen zien.' Vivienne huiverde, hoewel het warm was in de keuken. Automatisch begon ze nu toch de koffie te zetten die ze de familie Verbrugge beloofd had. Ze was hier al zo lang kind aan huis dat ze precies wist waar alles stond. Zou dat binnenkort afgelopen zijn? Ze kon zich daar niets bij voorstellen. Dit was haar tweede ouderlijk huis, zo had dat altijd gevoeld voor haar. Voor Dianne trouwens ook. Het was gewoonweg onmogelijk dat dit nu voorgoed verleden tijd zou kunnen zijn. Alles stond ineens op zijn kop. Eergisteren hadden ze de dertigjarige bruiloft van Emma en Leo gevierd, maar dat leek wel lichtjaren geleden in plaats van iets meer dan veertig uur. Hoe was het in vredesnaam mogelijk dat hun leven zomaar, zonder enige waarschuwing vooraf, om kon slaan tot zo'n gruwelijk drama?

'Doe me een plezier en zeg binnen niet dat je naar Dianne toe gaat,' verzocht Bo haar.

'Je wilt dat ik tegen hen lieg.'

'Wat niet weet, wat niet deert,' zei Bo daar slechts op.

Het ging tegen al Vivienne's principes in, maar eenmaal terug in de kamer moest ze toegeven dat Bo ergens wel gelijk had. Het had geen enkel nut om deze mensen nog meer verdriet te doen. Later zou er ongetwijfeld op een normale manier over te praten zijn, maar niet nu. De schok was te groot geweest om te verwachten dat Annemie's familie de situatie rationeel kon bekijken. Ze moest hun eerst wat tijd gunnen om dit een plek te geven en om het eerste verdriet enigszins te verwerken. Dianne was, in ieder geval voorlopig, persona non grata binnen deze familie, daar zou ze zich voor nu bij neer moeten leggen.

Vivienne wachtte tot ook Arnoud en Melanie gearriveerd waren voor ze opstond om weg te gaan. Tot Bo's opluchting vertelde ze inderdaad niet wat ze ging doen. Snel liep ze achter Vivienne aan naar de buitendeur.

'Bedankt,' zei ze.

'Ik denk dat je gelijk had, het is niet nodig om de zaken op de spits te drijven op dit moment. Hopelijk kunnen we er over een tijdje wel normaal over praten met hen.'

'Eerlijk gezegd vrees ik het ergste wat dat betreft.' Bo aarzelde voor ze verder sprak. Een snelle blik achter haar overtuigde haar ervan dat de kamerdeur dicht was en er verder niemand in de gang stond. 'Eigenlijk had ik je dit niet willen zeggen, maar Emma is volledig door het lint gegaan toen ze vannacht terugkwamen uit het ziekenhuis. Ze heeft het album gepakt dat we voor hen gemaakt hebben en heeft de pagina's met de foto's van Dianne eruit gescheurd.'

'Nee! O, wat erg,' reageerde Vivienne geschokt. Ze sloeg haar hand voor haar mond en keek Bo met grote ogen aan. Dit klonk wel heel erg radicaal en zeker niet hoopgevend voor de toekomst.

Met een hoofd vol verwarde gedachten stapte ze op haar fiets en reed weg. De houding van de familie Verbrugge was zeker niet onbegrijpelijk, toch druiste het tegen al haar gevoelens van rechtvaardigheid, vriendschap en loyaliteit in om Dianne, net als zij, zo scherp te veroordelen. Ze was en bleef haar vriendin, ongeacht alles wat er gebeurd was. Juist nu had ze heel hard steun nodig. Vivienne kon zich geen voorstelling maken van hoe Dianne zich moest voelen op dat moment. Hoe je het ook wendde of keerde, ze had toch de dood van haar vriendin op haar geweten en dat kon nooit meer uitgevlakt worden. Hoe moest Dianne verder met dit vreselijke gegeven? Vivienne wist niet of het haar zou lukken om haar leven weer op te pakken na zoiets, maar ze hoopte van harte dat Dianne daar wel toe in staat zou zijn. Zij zou er in ieder geval alles aan doen om haar daarbij te helpen, ook als dat tot gevolg mocht hebben dat zij dan eveneens niet meer welkom was bij de familie Verbrugge. Dat was iets waar ze liever nog niet bij stilstond. Ze voelde zich echter wel in een onmogelijke positie gedwongen. Ze wilde al haar vrienden tot steun zijn, van beide kanten, maar vroeg zich serieus af of dat haalbaar zou blijken te zijn. Ze wist het niet. Dat was iets wat de toekomst uit zou moeten wijzen. Veel erger dan het nu was, kon het echter niet meer worden, dacht ze somber. Deze klap was zo gigantisch hard aangekomen dat al het andere erbij in het niet viel. Ze kon maar amper bevatten dat ze Annemie nooit meer zou zien, nooit meer haar vrolijke lach zou horen en nooit meer met haar zou praten. Nooit meer, dat klonk zo afschuwelijk definitief.

Pas toen Vivienne de straat in fietste waar Dianne en Steven woonden, realiseerde ze zich dat de kans groot was dat Dianne niet eens thuis zou zijn. Ze had verwondingen opgelopen bij dat ongeluk, dus wellicht lag ze nog in het ziekenhuis en anders werd ze misschien wel vastgehouden op het politiebureau. Ze had tenslotte een strafbaar feit gepleegd, met de dood van een ander mens tot gevolg. Misschien draaide ze zelfs wel de gevangenis in!

Zonder de verwachting dat er iemand thuis zou zijn, drukte ze op de deurbel. Tot haar verrassing werd er al snel opengedaan door Steven. Hij knikte toen ze vroeg of Dianne er was.

'Ze ligt in bed,' zei hij kort, wijzend naar de deur van hun slaapkamer.

'Hoe is het met haar?' wilde Vivienne weten.

'Beroerd natuurlijk,' bromde hij. 'Wat dacht je dan? Behalve geestelijk heeft ze ook lichamelijk een zware klap gehad. Ze heeft een diepe snee op haar voorhoofd, haar ribben zijn gekneusd, haar linkerpols is gebroken en ze is helemaal stijf van de spierpijn.' Zijn gezicht stond grimmig terwijl hij voor haar uit liep door de lange gang. Zachtjes opende hij de slaapkamerdeur om te kijken of Dianne niet sliep. Ze lag echter met wijd open ogen naar het plafond te staren, dus gebaarde hij naar Vivienne dat ze door kon lopen. Zelf liep hij terug naar de huiskamer.

Vivienne begon te huilen toen ze Dianne zo zag liggen, alsof ze nu pas echt goed besefte hoe erg het allemaal was. Dianne keek met een onbewogen gezicht toe. Zij had nog steeds geen traan gelaten, al voelden haar ogen aan of ze uit haar gezicht zouden branden.

'O Dian, wat afschuwelijk allemaal,' snikte Vivienne. Ze durfde Dianne niet te omhelzen uit angst dat ze haar pijn zou doen, dus trok ze een stoel bij het bed en pakte ze haar goede hand vast. 'Ik kom net bij Emma en Leo vandaan, ik hoorde het pas aan het eind van de ochtend, toen ik thuiskwam.'

'Zeiden ze nog wat over mij?' vroeg Dianne gespannen.

'Niet veel,' ontweek Vivienne een rechtstreeks antwoord. 'Ze vertelden alleen wat er gebeurd was.'

'Ze haten me.' Dianne's stem klonk vlak. 'Ze haten me

en dat is volkomen begrijpelijk. Ik haat mezelf ook. Ik had alleen gehoopt...' Haar stem stierf weg.

'Je hoopte dat ze inmiddels hadden ingezien dat je dit niet expres hebt gedaan en dat ze je vergeven,' begreep Vivienne. Het feit dat ze niet verder praatte, was veelzeggend genoeg voor Dianne.

'IJdele hoop dus,' concludeerde ze bitter. 'Hoe kan ik dat ook verwachten? Ik heb hun kind vermoord. Ze hebben alle recht om me te veroordelen.'

'Het komt wel weer goed,' probeerde Vivienne haar onbeholpen te troosten.

Dianne schudde haar hoofd. 'Nee, dat komt het niet,' zei ze stellig. 'Dit kan nooit meer teruggedraaid worden. Ik ben alles kwijt. Bijna iedereen waar ik van houd heeft zich van me afgekeerd. Dat is echter niet het ergste. Het ergste is... Annemie... Al zou er nooit meer iemand tegen me praten of met me om willen gaan, dat zou ik er voor overhebben als Annemie nog maar zou leven. Ze was pas negentien en door mijn schuld zal ze nooit ouder worden. Al haar plannen, haar levenslust. Voorgoed weg, door mij.'

'Hoe kon dit nou gebeuren?' vroeg Vivienne zich af. 'Jij, uitgerekend jij, dronken in je auto? Ik geloof het nog steeds niet echt.'

'Kon ik daar maar een antwoord op geven. Ik weet het niet, Viev. Echt niet. Ik had helemaal niet door dat ik te veel op had om goed te rijden, al klinkt dat als een slappe smoes. Ik heb er geen seconde bij stilgestaan dat ik niet in staat was om achter het stuur te kruipen, zelfs niet toen Annemie voorstelde om een taxi te bellen. Daar lachte ik om, want ik meende dat er niets aan de hand was met me.'

'Wat gebeurde er precies?'

Dianne sloot haar ogen en pijnigde haar hersens om

hier een antwoord op te kunnen geven. Ze kon zich het ongeluk nog steeds niet goed voor de geest halen. Vaag herinnerde ze zich dat het geregend had en dat er een andere auto bij betrokken was, maar hoe het precies zat wist ze niet. Het was ook allemaal zo snel gegaan. In slechts enkele seconden tijd was haar leven veranderd in een nachtmerrie waaruit ze nooit meer kon ontwaken. Hoe oud ze ook mocht worden, deze last zou voorgoed op haar schouders blijven liggen.

'Ik kan het me niet meer precies voor de geest halen. We hadden overal lol om, dat weet ik nog wel. Het enige moment zat Annemie hard te lachen, het volgende...' Ze maakte een veelzeggend gebaar met haar hand.

'Je moet inderdaad echt dronken zijn geweest om in die auto te stappen,' peinsde Vivienne. 'Hoe raar dat ook klinkt. Maar als je nog enigszins helder was geweest, had je dit nooit gedaan. Val jezelf niet al te hard, Dian. Mensen maken fouten.'

'Het is heel lief dat je dat zegt, maar dit was niet zomaar een fout. Ik zal mezelf nooit meer recht aan kunnen kijken in de spiegel.'

Vivienne vertrok een uur later met het onbevredigende gevoel dat ze Dianne niet echt had kunnen helpen. Maar hoe kon dat ook? Hoe kon iemand haar ontlasten van deze schuld? Dat leek een onmogelijke opgave.

7

De opkomst bij Annemie's begrafenis was overweldigend. Vroegere schoolvriendinnen, haar medestudenten, kennissen die ze ooit had opgedaan tijdens vakanties, leden van de sportvereniging waar ze op zat, iedereen was gekomen. Zelfs Bas, de verliefde barman van hun weekendje in het bungalowpark, was in zijn auto gestapt om Annemie de laatste eer te bewijzen. Ze hadden elkaar sindsdien niet meer gezien, maar onderhielden via de computer een levendig contact.

Er miste slechts één persoon en dat was Dianne. Vivienne kon er niets aan doen dat haar gedachten tijdens de dienst steeds naar haar afdwaalden. De hele familie Verbrugge had geen woord meer aan Dianne verspild, het leek wel of ze nooit bestaan had voor hen. Ze vroeg zich af hoe dit mogelijk was. Van Dianne hadden ze ook altijd gehouden. Hoe konden ze haar juist nu uit hun hart bannen, in een periode van hun leven waarin ze juist alle steun konden gebruiken? Voor Vivienne maakte dat er juist nog moeilijker op. Maar waarschijnlijk had zij makkelijk praten. Het was niet haar kind dat vandaag begraven werd. Wellicht zou zij in een dergelijke situatie precies hetzelfde reageren, ze wist het niet. Je eigen kind verliezen was het zwaarste wat iemand kon overkomen, werd er altijd gezegd, dus in dat opzicht kon ze nog wel begrip opbrengen voor Emma en Leo. Dat ook Bianca en Bo Dianne doodzwegen, kon ze niet vatten. Ze reageerden alsof Dianne Annemie willens en wetens had vermoord. Maar het was een ongeluk geweest, een dramatische samenloop van omstandigheden. Dianne was zeker niet volkomen onschuldig, de straf die ze nu kreeg voor haar eenmalige onverantwoordelijkheid was echter wel ontzettend zwaar. Niet alleen moest ze leven met de wetenschap dat een ander door haar toedoen was overleden, ze was ook in één klap haar hele familie en haar vriendinnen kwijt. Behalve Vivienne had ze niemand meer over. En Steven natuurlijk, maar Vivienne had niet echt de indruk gekregen dat hij een grote steun voor Dianne was. Hij wist niet goed hoe hij met deze situatie moest omgaan, had hij haar wanhopig bekend. Hij hield van Dianne en wilde haar helpen, hij had echter geen flauw idee hoe hij dat moest doen. Ze leek zich volledig afgesloten te hebben voor alles en iedereen, inclusief hem.

Een groot deel van de dienst ging langs Vivienne heen. De drukte in de aula van de begraafplaats benauwde haar. Het verdriet om Annemie kneep haar keel dicht. Op verzoek van Emma en Leo zat ze vooraan, bij de directe familieleden. Haar hart ging naar hen uit, tegelijkertijd voelde ze wrevel tegenover hen omdat Dianne zo volledig genegeerd werd. Zij had hier ook moeten zitten. Dianne had geen enkele kans gekregen om afscheid van Annemie te nemen. Het laatste beeld dat ze van haar had, was van vlak na het ongeluk, toen ze dood naast haar in de auto zat, onder het bloed. Vivienne kon zich voorstellen hoe afschuwelijk dat moest zijn geweest en ze rilde. Zelf had ze niet naar het levenloze lichaam van Annemie willen kijken, want ze wilde zich haar herinneren zoals ze was toen ze leefde. Dianne had die kans niet. Altijd als zij aan Annemie zou denken, zou dat laatste beeld op haar netvlies verschijnen.

Vivienne wist dat er van haar werd verwacht dat ze na de begrafenis met de familie Verbrugge mee zou gaan, maar ze nam zich voor om vandaag in ieder geval nog even bij Dianne langs te gaan. Juist vandaag. Ze voelde zich heel dubbel naar beide kanten toe. Ze wilde geen partij trekken, evenmin wilde ze kiezen met wie ze wel of niet om wilde gaan, maar openlijk voor deze mening uitkomen zou nog grotere problemen meebrengen. Het was haar inmiddels wel duidelijk geworden dat Emma, Leo, Arnoud en Bianca het niet zouden accepteren dat ze bevriend bleef met Dianne. Bij hen heerste heel duidelijk het gevoel dat iedereen die niet vóór hen was, zich automatisch tegen hen keerde. Vivienne vreesde steeds meer voor de toekomst. In eerste instantie was ze er nog van uitgegaan dat er na een paar dagen wel over te praten zou zijn, inmiddels wist ze dat dit veel te optimistisch gedacht was van haar. Dianne was resoluut uit hun leven verbannen, inclusief alle foto's en snuisterijtjes uit hun huis die hen aan haar herinnerden. Weggevaagd alsof ze nooit een voet in hun huis had gezet, afgedankt als grofvuil. Er viel niet meer over te praten en uit respect voor hun verdriet deed Vivienne daar ook geen poging toe. Dit gezin was het zwaarste getroffen van alle betrokkenen, dat was duidelijk. Ze kon het niet over haar hart verkrijgen om daar nog een schepje bovenop te doen door openlijk te vertellen hoe zij erover dacht en toe te geven dat zij Dianne nog steeds als vriendin beschouwde en haar wilde helpen, dus praatte ze daar niet over. Ze was overigens niet van plan om erover te liegen als ze haar er rechtstreeks naar zouden vragen, dat ging haar te ver. Alsof het afgesproken was, vroeg er echter niemand naar. Dianne werd simpelweg nooit meer genoemd, in geen enkele context.

Tijdens de samenkomst in de koffiekamer van de begraafplaats, na het condoleren, kwam Bo naar Vivienne toe.

'Het was een mooie plechtigheid,' zei ze. 'En wat fijn dat er zo ontzettend veel mensen gekomen zijn, dat geeft toch steun. Vreemd, dat zo'n trieste dag als deze ook mooi kan zijn.'

'Niet voor iedereen,' merkte Vivienne op. 'Ik ken bijvoorbeeld iemand die graag afscheid van Annemie had willen nemen, maar wie dat niet gegund is. Die persoon zit zich nu in haar eentje thuis ellendig te voelen.'

'Houd toch eens op over Dianne,' zei Bo korzelig. 'Het dringt geloof ik niet echt tot je door dat zij dit alles veroorzaakt heeft.'

'Het was een ongeluk. Dianne is nog nooit lichtzinnig met alcohol omgegaan, dat weet jij net zo goed als ik.'

'Zo lang kende ik haar nog niet.'

'Praat niet over Dianne in de verleden tijd,' zei Vivienne scherp. 'Ze maakt nog steeds deel uit van dit leven, al willen jullie dat het liefste vergeten.'

'In tegenstelling tot anderen, ja.' Uitdagend keek Bo haar aan. 'En wiens schuld is dat?'

Vivienne haalde diep adem en kneep het kopje dat ze in haar handen hield haast fijn. Er lagen heel wat woorden in haar mond die ze er graag uit wilde gooien, maar dit was daar niet de plaats, de tijd of de gelegenheid voor. Om ruzie te voorkomen liep ze weg, naar een groepje vriendinnen van Annemie die ze vaag kende. Ze dacht dat Bo meer aan haar kant stond en net als zij had willen proberen de familie Verbrugge met Dianne te verzoenen, maar het begon erop te lijken dat Bo de starre mening van haar familie steeds meer ging delen. Misschien kon ze maar het beste gewoon accepteren dat er niets aan te veranderen viel. Er waren meer mensen die Dianne veroordeelden, dat had ze allang gemerkt. Niemand had een goed woord voor haar over, zeker vandaag niet. Wat dat betrof was het eigenlijk maar beter dat ze er niet bij was, want dat had nog wel eens uit kunnen draaien op een lynchpartij. Mensen die Dianne amper kenden, voerden hierin het hoogste woord. Plotseling wist iedereen wel iets negatiefs over haar te zeggen. Iemand beweerde zelfs luidkeels dat ze dit wel had verwacht, omdat ze Dianne vaker lallend over straat had zien zwalken. Misselijk van ellende sloot Vivienne zichzelf op in het toilet en daar bleef ze tot de grote koffiezaal, op de familieleden na, leeg was.

'Waar was je?' vroeg Emma. 'Ik miste je, ik dacht dat je al naar huis was. Je gaat toch wel met ons mee?'

Vivienne kon niet anders doen dan toestemmen, al was ze het liefst weggerend. Er leek geen einde te komen aan deze dag. Stil zaten ze later met z'n allen bij elkaar. Vivienne was vaker bij begrafenissen geweest en vaak was het dan zo dat de stemming na het plechtige gedeelte omsloeg, als een reactie op alle spanningen en verdriet. Soms werd het zelfs regelrecht gezellig, hoe wrang dat ook mocht klinken. Hier was dat echter allerminst het geval. Het verdriet drukte loodzwaar op Annemie's familie. Emma zat zwijgend op haar stoel, ze leek amper te merken dat haar kamer gevuld was met mensen. Niemand wist iets zinnigs te zeggen, dus hield iedereen zijn mond. Leo, die in enkele dagen tijd tien jaar ouder geworden was, staarde somber voor zich uit. De afwezigheid van Annemie, die altijd wel iets te vertellen had, was duidelijk voelbaar.

Na twee uur hield Vivienne het niet meer uit. Met een gemompeld excuus stond ze op, ze negeerde de stekelige blik van Bo. Eenmaal buiten ademde ze diep de frisse lentelucht in. Ondanks haar schuldgevoel ten opzichte van de familie Verbrugge was ze blij dat ze daar weg was. Er wachtte haar echter nog een zware taak voor ze naar de veilige beschutting van haar eigen huis toe kon gaan.

Het duurde lang voor Dianne de deur opendeed. Vivienne stond net op het punt om weer weg te gaan toen ze eindelijk schuifelende voetstappen in de gang hoorde. 'Steven is naar zijn werk en ik loop nog niet zo snel,' verontschuldigde ze zich. Stijf bewoog ze zich voort door de gang. Haar hele lichaam protesteerde tegen deze beweging, maar Dianne zei daar niets over. Wat had zij tenslotte te klagen? Zij had het ongeluk overleefd. Zij had geen recht om te klagen, meende ze.

'Ik dacht dat Steven een week vrij had genomen,' zei Vivienne.

'Dat was ook zo, maar hij hield het niet meer uit thuis,' antwoordde Dianne met een wrang lachje. 'Ik ben nu eenmaal even niet de gezelligste, we kregen ruzie. Op de begrafenis was hij eveneens niet welkom, dus is hij weer gaan werken. Wil je koffie?'

'Alsjeblieft niet. Ik heb al zoveel koffie op vandaag. Eerst op de begraafplaats, daarna bij Emma en Leo.'

'Weten ze dat je nu hier bent?'

'Als je iets te eten hebt, houd ik me overigens wel aanbevolen,' zei Vivienne zonder antwoord te geven op die vraag. 'Ik heb honger.'

'Viev, ik vroeg je iets.'

Vivienne draaide zich naar Dianne toe. 'Wat wil je nu eigenlijk horen? Jij weet net zo goed als ik hoe de zaken ervoor staan, dus nee, dat weten ze niet.'

'Je durft er niet voor uit te komen.'

'Ik zie er het nut niet van in om boven op alle ellende ook nog eens ruzie te maken,' verbeterde Vivienne die bewering. 'Wat niet weet, wat niet deert.' Automatisch herhaalde ze de woorden van Bo, die dit ook gezegd had.

'Je kiest dus hun partij,' constateerde Dianne bitter.

Voor de zoveelste keer vandaag moest Vivienne zich

inhouden om niet fel van leer te trekken. Bruusk stond ze op. Ze had schoon genoeg van deze dag.

'Hier heb ik geen zin in,' zei ze kort. 'Ik ben ondertussen degene die aan alle kanten aangevallen wordt terwijl ik alleen maar probeer goed te doen, naar beide kanten toe. Jullie zoeken het allemaal zelf maar uit. Als je problemen hebt met hun houding, moet je bij hen zijn, niet bij mij.'

'Zo bedoelde ik het niet,' zei Dianne zacht.

'Maar je zegt het wel. Ik kan overal begrip voor opbrengen, maar iedereen schijnt te vergeten dat ik ook verdriet heb.' Vivienne beet op haar lip, ze kon niet voorkomen dat de tranen in haar ogen schoten. Ze moest nu echt weg voordat ze hier een potje ging zitten janken.

'Ik kom wel weer terug als er normaal met je te praten valt,' zei ze nog voordat ze de buitendeur met een klap achter zich in het slot trok.

Dianne bleef verslagen achter. Nu had ze de enige persoon ter wereld die zich nog iets van haar aantrok, ook al weggejaagd. En dat terwijl ze de hele dag naar Vivienne's bezoek had uitgekeken. Ook voor Dianne was het een zware dag geweest. In gedachten had ze de hele begrafenis meebeleefd, starend naar een grote foto van Annemie, waar ze breed lachend op stond. Het was een onwerkelijk idee dat ze haar nooit meer zou zien, vooral omdat ze geen afscheid had kunnen nemen. Het was zo onaf, voor haar gevoel zat er geen eind aan. Het was net of Annemie nog gewoon ieder moment binnen kon komen lopen. Dat zou echter nooit meer gebeuren. Niemand van de familie zou ooit nog gewoon bij haar thuiskomen, dacht ze wrang. Voor hen had ze afgedaan. Misschien dat er ooit, als er genoeg tijd overheen was gegaan, nog eens een gesprek zou komen, maar de liefde en vriendschap die ze altijd van het gezin Verbrugge had ondervonden, was voorgoed voorbij. Nooit zou het meer worden als vroeger, daar was Dianne zich uitermate van bewust. Dat zou ze moeten accepteren, ze wist alleen niet hoe.

Ondanks alles ging het leven door en brak de zomer aan. Annemie's krantenwijk werd overgenomen door een ander, haar plek in het korfbalteam werd opgevuld door een nieuwe speler en haar medestudenten hadden allang weer een ander gespreksonderwerp dan haar tragische dood. Bas had een paar weken last van liefdesverdriet, maar hij had haar te kort gekend om lang te rouwen. De ontmoeting met een ander leuk meisje verdrong de gedachte aan Annemie naar de achtergrond.

Voor de direct betrokkenen lag het echter anders. Haar plek in huis bleef akelig leeg en kon door niets of niemand opgevuld worden. De plotselinge dood van Annemie, en vooral de manier waarop het gegaan was, had een enorme impact op de mensen die haar zo na hadden gestaan.

Dianne ging als een zombie door het leven. Niets interesseerde haar meer. Tot werken was ze niet in staat, al knapte ze lichamelijk gezien vrij snel op. Geestelijk was het een ander verhaal. Er kwam niets meer uit haar handen, ze verzorgde zichzelf slecht en haar relatie met Steven holde achteruit. Lachen had ze al heel lang niet meer gedaan. Ze sloot zichzelf op in huis en behalve Vivienne had ze geen sociale contacten meer. Halve dagen bracht ze door in bed, de andere uren hing ze doelloos op de bank naar de tv te staren, die haar overigens niet boeide. Steven was bijna nooit thuis. Zijn bandje begon steeds meer succes te krijgen en de jongens werden overspoeld met aanvragen voor optredens. Of was hij altijd al zo vaak weg geweest, maar viel het haar nu pas op? Normaal gesproken als hij een optreden of een repetitie had, ging Dianne naar een van haar vriendinnen of naar Emma en Leo, bij wie ze altijd welkom was. Nu zat ze in haar eentje thuis, avond aan avond. De tegenstelling was schrijnend.

Bo was, na de eerste schok en die eerste, onwerkelijke weken, eens goed over haar eigen leven na gaan denken. Het besef dat zij degene had kunnen zijn die naast Dianne in de auto had gezeten als ze niet ziek was geweest die bewuste avond, was als een mokerslag tot haar doorgedrongen. Ze vroeg zich serieus af wie er dan om haar getreurd zou hebben. Waarschijnlijk alleen de vriendinnen van hun quintet en wellicht ook niet zo heel lang. Tenslotte maakte ze nog maar sinds kort deel uit van de groep. Haar moeder zou het alleen maar een goed excuus vinden om nog meer te gaan drinken en haar vader zou een extra reden hebben om zich te begraven in zijn werk. Misschien zou hij last van wroeging hebben omdat hij haar in de kou had laten staan, maar die gevoelens zouden in niets te vergelijken zijn met het verdriet dat Emma en Leo om hun dochter hadden. Het was geen prettige gedachte voor Bo dat er maar weinig mensen echt verdrietig zouden zijn als zij in de plaats van Annemie was geweest. Zij had niet, zoals Annemie, nog steeds contact met mensen die vroeger deel uit hadden gemaakt van haar leven. Toen ze enkele maanden geleden naar deze woonplaats verhuisde, had ze radicaal alle banden verbroken en alles achter zich gelaten. Op het quintet na had ze hier nog niets opgebouwd. Ze leefde van dag tot dag, verdiepte zich nergens in, haar baantje interesseerde haar niet en ze zat vol wrok jegens haar ouders en de jeugd die ze haar hadden gegeven. Alles schoof ze daar op af. Maar nu had ze ineens het bewijs gekregen dat sommige levens maar heel kort duurden en daar was ze behoorlijk van geschrokken. Het leven was te kort om zomaar te vergooien. Voor het eerst begon Bo serieus na te denken over haar toekomst. Ze wist nog niet hoe ze het aan moest pakken, maar de dood van Annemie had haar wel geleerd dat er iets moest veranderen.

Bianca werd vierentwintig uur per dag met de gevolgen van het ongeluk geconfronteerd. Het appartement dat ze nog maar pas had gekocht, had ze alweer te koop gezet. Ze kon niet verhuizen nu de zaken zo lagen. Het was onmogelijk om op zichzelf te gaan wonen en haar ouders in een leeg huis achter te laten, dat kon ze niet over haar hart verkrijgen. Ze functioneerde in die tijd op de automatische piloot. Ze werkte, ze at en ze sliep, daar was meteen alles zo'n beetje mee gezegd. Ze miste Annemie meer dan ze ooit voor mogelijk had gehouden. Haar kleine zusje, dat zo haar best had gedaan om bij haar en haar vriendinnen te gaan horen. En net toen het haar gelukt was, was ze er opeens niet meer. Het verdriet lag als een zware, verstikkende deken op hun huis. Er werd niet meer gelachen, er werden geen lange gesprekken meer gevoerd, er was geen oprechte belangstelling meer voor elkaar. Alles in huis stond in het teken van het feit dat Annemie er niet meer was. Emma, die er altijd zoveel plezier in had gehad om haar gezin te verzorgen en te verwennen, scheen nog maar amper te beseffen dat Bianca er was. Deze kreeg het steeds benauwder, maar zag geen kans om iets aan die situatie te veranderen. Haar wrok jegens Dianne groeide met de dag. Dit is jouw schuld, dacht ze vaak venijnig als ze haar moeder weer eens zag huilen en haar vader somber voor zich uit zat te staren. Het leven had op dat moment geen enkel lichtpuntje meer voor haar.

Vivienne was beter in staat de zaken te relativeren,

ondanks haar verdriet. De eerste weken na het ongeluk voelde ze zich leeg en verdoofd en was het een paar keer voorgekomen dat ze op het punt stond Annemie te bellen voor ze zich realiseerde dat dit niet meer kon. Nooit meer kon. Dat gemis begon echter ook te wennen en het lukte haar om de dood van Annemie een plek te geven, als enige van hun quintet. Ze bleef trouw naar Emma en Leo toe gaan, evenals naar Dianne. Het contact met Bo bestond uit toevallige ontmoetingen bij Emma en Leo thuis, meer niet. Bianca sprak ze bijna dagelijks, al bestonden die gesprekken vaak alleen maar uit een paar minuten via de telefoon. Haar nuchterheid en haar aangeboren gevoel voor realiteit sleepten haar door die eerste periode heen, al sloeg het verdriet soms hevig en vaak op onverwachte momenten toe.

Zo groeiden ze alle vier een andere kant op en probeerden ze elk op hun eigen manier het verdriet te verwerken. Hun quintet, nog maar zo kort geleden begonnen, viel volledig uit elkaar nu Annemie er als schakel tussenuit was verdwenen.

8

Gezeten op een krukje achter de toonbank zat Vivienne geconcentreerd te schetsen. Het was op dat moment rustig in de sieradenwinkel waar zij als verkoopster werkte en bijna als vanzelf was ze aan het tekenen geslagen. De laatste tijd deed ze dat vaker, geïnspireerd door de mooie sieraden die haar werkgevers zelf ontwierpen en maakten in het achter de winkel gelegen atelier.

'Lukt het?' klonk ineens de stem van Fernando du Bois, de eigenaar van de zaak. Ongemerkt voor Vivienne was hij de winkel binnengekomen. Geschrokken liet ze het kladblok op de toonbank vallen.

'Sorry,' verontschuldigde ze zich. 'Ik was eigenlijk van plan de achterste vitrines schoon te maken.'

'Maak je daar maar geen zorgen over,' wuifde Fernando dat weg. 'Het is rustig momenteel en de winkel ziet er uitstekend uit. Je hoeft echt niet de hele dag te draven, hoor. We zijn meer dan tevreden over je werk.'

'Dat is nog geen excuus om mijn tijd te verlummelen,' zei Vivienne.

'Zo zou ik het toch niet willen noemen.' Hij strekte zijn hand uit naar het kladblok en keek vol verbazing naar de tekening die ze gemaakt had. 'Is dit jouw ontwerp? Ziet er goed uit.'

'Het stelt niets voor,' zei Vivienne verlegen.

'Dat is een beoordeling die ik zelf wel kan maken.' Aandachtig bestudeerde hij de vorm van de ring die ze getekend had. 'Ik wist niet dat je dit in je had, Viev. Heb

je nog meer ontwerpen?'
'Ik krabbel af en toe wel wat, ja. Het is een mooie afleiding als mijn gedachten weer eens met me op de loop gaan,' gaf ze toe.
'Dan wil ik die tekeningen graag eens zien. Heb je ze hier?'
Vivienne schudde haar hoofd. 'Nee, thuis. Hier doe ik het eigenlijk nooit.'
'Dan ben ik blij dat je dit keer met die gewoonte gebroken hebt. Ik wil dit ontwerp graag maken.'
Ongelovig hoorde Vivienne hem aan. 'Waarom?'
'Omdat het een goed ontwerp is,' lachte Fernando. 'Neem dat nu maar aan van iemand die er verstand van heeft. Als je andere tekeningen net zo goed zijn, moeten we eens om de tafel gaan zitten, meisje. Goede ontwerpen kunnen we altijd gebruiken.'
'Je bedoelt dat ik voor jullie mag gaan ontwerpen?' Vivienne kon haar blijdschap maar nauwelijks onderdrukken. Stiekem had ze hier wel eens op gehoopt, maar ze had er nooit zelf mee voor de dag durven komen. Fernando en Angelica du Bois hadden in de loop der jaren een goede naam opgebouwd met hun exclusieve sieraden en hun ontwerpen vonden overal gretig aftrek. Daar kon zij toch niet aan tippen, meende ze zelf. Ze was bang dat ze haar zouden uitlachen of, erger nog, medelijden zouden hebben met haar omdat ze dacht dat zij ook maar enig artistiek inzicht had. Vivienne had te veel bewondering voor Fernando en Angelica om zichzelf daarmee te durven vergelijken.
'Uiteraard wil ik eerst de rest zien,' hield Fernando een slag om de arm. 'Maar als ze net zo goed zijn, waarom dan niet? We kunnen dan afspreken dat je een percentage krijgt van de verkoopprijs.'
'Kijk uit wat je zegt,' lachte Vivienne. 'Vergeet niet dat ik hier de verkoopster ben. Ik smeer iedereen dan

natuurlijk mijn ontwerpen aan, zodat die als warme broodjes over de toonbank vliegen.'

'Daarom krijg je ook maar een heel klein percentage, de rest stoppen wij zelf in onze zak,' grinnikte Fernando. Hij scheurde het blaadje met het ringontwerp van het blok af. 'Deze neem ik mee naar het atelier en ik ga er direct aan beginnen.'

Opgewonden bleef Vivienne achter in de winkel. Dit was ronduit geweldig! Het was natuurlijk nog maar afwachten of Fernando en Angelica haar andere tekeningen ook zouden goedkeuren, maar dit was in ieder geval een zeer hoopgevend begin. Ze kende haar werkgever goed genoeg om te weten dat hij meende wat hij zei. Hij ging die ring echt niet maken om haar een plezier te doen, daar was hij bovendien veel te zakelijk voor. De meeste ontwerpen kwamen van Angelica, terwijl Fernando zich vooral bezighield met het smeden van de sieraden en de zakelijke kanten. Samen hadden ze er een succesvol bedrijf van gemaakt. Vivienne vond haar werk als verkoopster leuk, maar het was niet iets wat ze de rest van haar leven wilde doen. De drang om zelf iets te creëren was altijd sluimerend aanwezig geweest, maar nooit echt tot uiting gekomen. Als ze hier iets mee kon gaan doen en het uit kon bouwen, zou dat fantastisch zijn. Daarnaast kon ze dan gewoon haar baan als verkoopster aanhouden, voor de broodnodige financiële zekerheid.

Niet te veel doordraven, hield ze zichzelf voor. Over deze ring was hij toevallig enthousiast, maar voor hetzelfde geld vonden Fernando en Angelica haar andere ontwerpen helemaal niets. Ze zou de huid nog maar niet verkopen voordat de beer geschoten was. Het was in ieder geval al erg leuk dat haar ring straks in de winkel zou liggen, dat vond ze toch wel bijzonder.

Vivienne zei nog tegen niemand iets over dit gesprek met Fernando, ook niet toen hij later haar andere ontwerpen bekeken had en een aantal daarvan in de collectie wilde opnemen. Eerst maar zien of het ook aansloeg bij de klanten. Uit een soort zelfbescherming wilde ze er nog niet mee naar buiten komen, bang dat het alsnog op een mislukking uit zou draaien.

Dat veranderde een paar dagen later toen Fernando haar in de winkel het uiteindelijke resultaat van de ring liet zien. Hij was nog veel mooier geworden dan ze had verwacht.

'Prachtig,' zei Vivienne dan ook. Liefkozend streek ze met haar vinger over het glanzende zilver. Hoewel het een brede ring was, was het Fernando toch gelukt om hem er fijntjes uit te laten zien. De blauwe steentjes, waarvan de plaatsing door Vivienne zorgvuldig was bedacht, zagen eruit alsof ze er willekeurig opgestrooid waren. 'Je hebt er echt iets schitterends van gemaakt,' verzuchtte ze vol bewondering.

'Het is niet moeilijk om van een goed ontwerp een mooi sieraad te maken,' gaf hij dat compliment aan haar terug. 'Ik heb niets aan jouw oorspronkelijke tekening veranderd. Je hebt er oog voor, Viev. Waarom heb je dat zo lang voor ons verborgen gehouden?'

'Jullie maken zulke mooie dingen.'

'Je moet niet zo licht over jezelf denken. Je hebt hier talent voor, dat is me wel duidelijk,' zei Fernando bemoedigend. Hij legde de ring op een fluwelen tableau op de toonbank. 'Eens kijken hoe lang het duurt voor dit juweeltje verkocht wordt.'

Hij was nog niet uitgesproken of de winkeldeur ging open en twee jonge vrouwen betraden de winkel.

'O, kijk nou eens,' riep de ene verrukt uit. Ze wees naar Vivienne's ring. 'Die is echt mooi! Zoiets heb ik

altijd al willen hebben. Wat kost deze?' vroeg ze.
'Eh, ik eh, dat weet ik niet,' stamelde Vivienne met een hulpzoekende blik naar Fernando. Haar wangen kleurden donkerrood.

Het was Fernando die de jonge vrouw antwoord gaf. Ondanks de niet bepaald lage prijs van de ring ging ze onmiddellijk akkoord. Terwijl Vivienne er met trillende benen naast stond pakt hij het kleinood in en rekende af.

'Het is natuurlijk niet de bedoeling dat ik nu gedegradeerd word tot verkoper, hè?' plaagde Fernando zodra de vrouwen de winkel hadden verlaten. 'Een beetje meer zelfvertrouwen is prima, maar het is nog te vroeg voor kapsones.'

'Sorry, maar ik ben helemaal beduusd,' verontschuldigde Vivienne zich. 'Dit had ik nooit kunnen bedenken. Of heb jij ze soms ingehuurd om mij een hart onder de riem te steken?' viel haar ineens in.

Zijn lach schalde door de winkel heen, zodat Angelica vanuit het atelier nieuwsgierig kwam kijken wat er aan de hand was. 'Lieve schat, ik mag je heel graag, maar dat gaat mij zelfs te ver. Die ring verkocht zichzelf.'

'Is de ring verkocht?' vroeg Angelica verbaasd. 'Wat goed! Gefeliciteerd, Viev.' Hartelijk knikte ze haar toe. 'Hij is ook echt bijzonder, moet ik zeggen. Ik wilde dat ik hem ontworpen had.'

Opnieuw kleurde Vivienne's gezicht rood. Zo'n compliment uit de mond van iemand die haar sporen al ruimschoots verdiend had op dit gebied, was niet niks. Ze ging er bijna van naast haar schoenen lopen.

'Ik heb niet eens iemand verteld dat jullie mijn ontwerp wilden gebruiken en nu is hij zelfs al verkocht,' zei ze beduusd. 'Mag ik even bellen? Ik moet dit aan mijn vriendinnen vertellen!' Haar ogen begonnen te stralen nu ze besefte wat er zojuist gebeurd was.

'Neem maar even pauze, ik neem het hier wel over,' stemde Angelica toe.

Haastig verdween Vivienne naar de keuken, waar ze haar telefoon uit haar tas viste. Ze stond nog steeds te trillen op haar benen en het kostte haar moeite om de juiste toetsen in te drukken. Eerst belde ze Bianca, die met een matte stem opnam.

'Bianc, je raadt nooit wat mij net overkomen is!' juichte Vivienne. Voordat haar vriendin hier iets op terug kon zeggen, ratelde ze het hele verhaal al af.

'Leuk,' was Bianca's lauwe reactie.

'Leuk?' echode Vivienne. 'Dat is het understatement van het jaar. Dit is fantastisch! En ze gaan nog meer ontwerpen van mij gebruiken. Had jij dit ooit kunnen bedenken? Nog even en dan ligt de winkel vol met mijn sieraden,' fantaseerde ze.

'Fijn voor je, maar ik moet nu ophangen. Het is hier druk. We spreken elkaar nog wel,' zei Bianca.

'Ho, wacht even,' zei Vivienne voordat Bianca de verbinding kon verbreken. 'Is dit alles wat je te zeggen hebt?' De teleurstelling klonk duidelijk door in haar stem. Bianca was zichzelf niet meer de laatste tijd, toch had ze wel een enthousiastere reactie verwacht. Een paar maanden geleden, voor Annemie's overlijden, zou ze haar uitbundig hebben gefeliciteerd en meteen geroepen hebben dat dit een reden was voor een feestje. Maar vroeger maakten ze overal een feestje van, dacht Vivienne weemoedig. Dat was tegenwoordig wel anders.

'Ik zeg toch dat ik het fijn voor je vind? Wat wil je nog meer horen?'

'Een beetje meer enthousiasme was leuk geweest.'

'Het spijt me, maar ik ben tegenwoordig niet meer zo

enthousiast,' zei Bianca. 'Niet zo vreemd, gezien de omstandigheden.'

'Het leven gaat door, Bianca,' merkte Vivienne voorzichtig op.

Even bleef het stil aan de andere kant van de lijn. 'Voor sommige mensen zal dat wel zo zijn, ja,' zei Bianca toen koeltjes. 'Helaas ligt dat voor de direct betrokkenen vaak anders.'

Voor Vivienne daar iets op terug kon zeggen, verbrak ze de verbinding. Langzaam legde Vivienne haar telefoon neer. Die laatste opmerking had pijn gedaan, meer pijn dan ze toe wilde geven. Al van kleins af aan was Annemie net een zusje voor haar geweest, Bianca deed nu echter net of zij een buitenstaander was. Iemand die het verdriet van de familie niet begreep. Was het egoïstisch van haar dat ze blij was en dat van anderen ook verwachtte? Verdriet voelde ze toch wel, daar hoefde ze niet voortdurend mee te koop te lopen. Maar naast het verdriet waren er nog zoveel andere dingen. De aarde was niet gestopt met draaien na dat fatale ongeluk, al had het wel even zo gevoeld. Bianca gaf haar het gevoel dat ze niet blij, vrolijk of gelukkig mocht zijn omdat Annemie er niet meer was, maar zo werkte dat niet voor Vivienne. Zij probeerde de dood van Annemie een plekje te geven en zo goed mogelijk door te gaan met haar leven. Soms lukte dat, soms ook niet. Ze wilde echter de leuke dingen niet afstrepen tegen het verdriet, die stonden los van elkaar.

Vivienne besloot haar goede stemming hier niet door te laten verpesten en toetste het nummer van Dianne in. Zij had vandaag iets heel leuks meegemaakt en ze had het recht om daar blij mee te mogen zijn, vond ze. Die blijdschap wilde ze nog steeds graag met anderen delen, hoewel Bianca's reactie haar enorm was tegengevallen.

Het was zo'n schrijnende tegenstelling met hoe het vroeger gegaan was.

Dianne nam bij het eerste gerinkel van haar telefoon al op.

'Stoor ik?' vroeg Vivienne voor de zekerheid.

'Waar zou ik nou bij gestoord moeten worden?' zei Dianne cynisch. 'Ik heb toch niets te doen de hele dag. Heb je enig idee hoe lang een dag duurt op deze manier? Niet om doorheen te komen. Ik wilde dat ik weer kon gaan werken, maar daar ben ik niet toe in staat. Het lukt echt niet, Viev. Sommige mensen denken dat het wel lekker is, al die vrije tijd, maar ik word er gek van. Zodra ik de deur uitstap krijg ik het echter benauwd en moet ik weer naar binnen. Mijn huisarts heeft me nu kalmeringspillen voorgeschreven, maar ik heb niet het idee dat die helpen. Er zijn ook geen pillen om mijn schuldgevoel weg te werken. Was het maar waar.'

Vivienne sloot haar ogen en liet deze woordenstroom over zich heen komen. Ze had kunnen weten dat Dianne momenteel niet de aangewezen persoon was om een leuk nieuwtje mee te delen. Niet zo verwonderlijk trouwens. Dianne was sinds het ongeluk zwaar depressief en ze leed enorm onder het schuldgevoel dat ze met zich mee torste. Slapen deed ze nauwelijks meer. Zodra ze haar ogen dichtdeed verscheen het beeld van Annemie op haar netvlies. Ze kon nergens heen met die gevoelens en draaide voortdurend in hetzelfde kringetje rond. De familie Verbrugge wilde nog steeds niets met haar te maken hebben, Steven was weinig thuis en met haar collega's had ze geen contact sinds ze ziek thuiszat.

Vivienne liet Dianne uitrazen en zei af en toe plichtmatig 'ja' of 'nee'. Dat was het beste, wist ze inmiddels uit ondervinding. Dianne had geen behoefte aan adviezen of aan preken, die moest gewoon af en toe even al haar ellende van zich af praten. Omdat ze voor de rest niemand had, kreeg Vivienne het steeds over zich heen.

'Ik ben blij dat jij even belde,' zei Dianne uiteindelijk. 'Het scheelt nog maar heel weinig of ik ga tegen mijn planten praten, bij gebrek aan andere levende wezens om me heen.' Ze lachte, maar het klonk niet vrolijk.

'Graag gedaan,' zei Vivienne ironisch. 'Dan ga ik nu weer aan het werk. Dag.'

Dianne had niet eens geïnformeerd waarom ze eigenlijk belde, constateerde ze met pijn in haar hart. De lust om het haar te vertellen was overigens al verdwenen. Ze schudde haar hoofd en stopte resoluut haar telefoon weg. Zin om Bo te bellen had ze niet. Niet alleen vanwege deze twee teleurstellend verlopen telefoontjes, maar vooral omdat ze bijna geen contact meer met Bo had. Als ze elkaar spraken was het bij Emma en Leo thuis, uit zichzelf zochten de twee vrouwen elkaar niet meer op. Niet alleen het quintet, maar de hele groep mensen om haar heen was uit elkaar gevallen. Een halfjaar geleden was het onvoorstelbaar geweest dat ze haar nieuws met niemand had kunnen delen. Dianne was niet de enige die eenzaam was, constateerde Vivienne wrang. Ook al had zij nog genoeg mensen om haar heen, toch voelde ze zich op dit moment alleen.

'Ze waren zeker wel blij voor je?' informeerde Angelica hartelijk bij Vivienne's terugkomst in de winkel.

Ze dwong zichzelf een vrolijk gezicht te trekken. 'Nou en of,' antwoordde ze met moeite.

De rest van de dag verrichtte ze haar werk op de automatische piloot en ze was blij toen ze aan het einde van de dag de deur achter zich kon dichttrekken. De opwinding van die ochtend was volledig verdwenen. Thuis aangekomen haalde ze de post uit haar brievenbus en bekeek die, terwijl ze op de lift wachtte die haar naar de zesde etage moest brengen. Er zat een brief van haar ouders bij, zag ze. Fijn. Ondanks dat ze regelmatig belden en contact hielden via internet, schreef haar moeder minstens eenmaal per maand een lange brief. Vivienne koesterde die. Een handgeschreven brief was toch iets heel anders dan een snel ingetypt mailtje. De velletjes postpapier, met het handschrift van haar moeder erop, gaven haar het gevoel dat haar ouders in de buurt waren, ondanks de duizenden kilometers die tussen hen in lagen. Vivienne nam zich voor hen snel te bellen. Zij zouden wel enthousiast zijn over haar nieuwtje, dat wist ze zeker.

'Goedenavond, buurvrouw,' klonk een opgewekte stem achter haar. 'Sta je te dromen? De lift is er al, hoor.'

Vivienne schrok op. Voor haar stond Peter Dongelmans, haar buurman. Sinds een maand bewoonde hij de flat naast haar en ze hadden al een paar keer een praatje gemaakt. Uitnodigend hield hij de deur van de lift voor haar open.

'Ik was er met mijn gedachten niet helemaal bij,' bekende Vivienne terwijl ze langs hem heen stapte.

'Niet helemaal? Zeg maar gerust helemaal niet,' lachte hij. 'Krijg jij zulke interessante post dat je de rest van de wereld erbij vergeet? Ik heb alleen maar rekeningen in de bus gekregen.'

'Een brief van mijn ouders, die in Amerika wonen.' Ze hield de envelop voor hem omhoog.

'Altijd een fijne verrassing om aan te treffen na een dag werken.'

'Druk geweest vandaag?' informeerde hij belangstellend.

'Niet zozeer druk, wel heel leuk.' Impulsief vertelde Vivienne hem wat haar die dag overkomen was en ein-

95

delijk kreeg ze dan toch de reactie waar ze bij haar vriendinnen tevergeefs op had gehoopt.

'Wat geweldig voor je,' zei Peter gemeend. 'Was je niet enorm trots?'

'Eigenlijk wel, ja.' Vivienne lachte. 'Dat wilde ik niet laten merken, maar stiekem barstte ik haast uit mijn voegen. Onze winkel ligt vol met prachtige sieraden, maar die vrouw had alleen maar oog voor die ring. Mijn ring.'

'Dat kan ik me levendig voorstellen, dat is ook iets waar je trots op mag zijn. Misschien ga je wel een hele nieuwe carrière tegemoet op deze manier. Heb je nog meer ontworpen?'

'Een aantal dingen. Een paar daarvan gaat mijn baas ook maken, maar hij vond niet alles goed.'

'Dat lijkt me ook logisch. Het zou niet zo heel realistisch zijn als alles meteen heel goed is. Ook ontwerpen is iets wat je moet leren, al moet je er natuurlijk wel aanleg voor hebben. Voel je er niet iets voor om zelf sieraden te maken? Het moet een goed gevoel geven als je zelf van het begin af aan zoiets kunt creëren, lijkt me.'

De lift was inmiddels op hun etage gestopt en Peter duwde de deur open. Samen liepen ze de galerij op.

'Misschien wel,' antwoordde Vivienne peinzend. 'Ik loop al langer rond met vage plannen en het gevoel dat ik meer wil, ik wist alleen niet precies wat. Vandaag is er wel een deur voor me opengegaan, voor mijn gevoel. Ik wist niet dat iets dergelijks zoveel voldoening kon geven.'

'Kijk eens op internet wat de mogelijkheden zijn. Of praat er met je baas over,' adviseerde Peter haar. 'Je zult een gespecialiseerde opleiding moeten volgen, maar als dit echt is wat je wilt, dan lukt dat je wel.'

Plotseling schoot Vivienne in de lach. 'Wat een onzinnig gesprek is dit eigenlijk. Vanochtend was ik nog een doodnormale verkoopster en nu sta ik hier met mijn buurman plannen te maken om edelsmid en sieradenontwerpster te worden.'

'Maar dit is dan ook een bijzondere dag voor je,' lachte Peter met haar mee. 'Een dag die niet zomaar mag eindigen, vind ik. Wat denk je ervan om het samen te vieren met een etentje in dat restaurant hiertegenover?'

Vivienne keek in zijn vrolijke blauwe ogen en voelde haar lichaam tintelen. De opwinding die ze die ochtend had gevoeld, kwam weer in volle hevigheid terug. Peter had gelijk, dit was inderdaad een bijzondere dag voor haar, daar deden de reacties van haar vriendinnen niets aan af. Zij was in ieder geval niet van plan om in een hoekje te gaan zitten kniezen omdat die zich ellendig voelden. Daar hielp ze niemand mee.

'Waarom niet?' antwoordde ze dan ook overmoedig. 'Geef me een halfuurtje de tijd om me te douchen en om te kleden.'

'Ik sta om zeven uur voor je deur om je op te halen,' beloofde hij.

'Hoef je in ieder geval niet ver te lopen,' grinnikte Vivienne. Bijna huppelend betrad ze haar eigen flat en zingend stond ze even later onder de douche. Deze toch al vreemde dag beloofde een verrassend staartje te krijgen.

9

Met tegenzin stak Bianca haar sleutel in het slot van de voordeur. Tegenwoordig bleef ze liever op haar werk dan dat ze naar huis toe ging. De ooit zo goede en warme sfeer thuis was samen met Annemie volledig verdwenen, hoewel het hele huis nog van haar doordrenkt was. Haar kamer was nog precies hetzelfde gebleven en werd iedere week zorgvuldig door Emma schoongemaakt. In de huiskamer hing een levensgroot, geschilderd portret van een van de laatste foto's die van Annemie was gemaakt. Op het dressoir was een soort herinneringsplek gemaakt. Diverse foto's van Annemie stonden daar bij elkaar gegroepeerd, om een altijd brandende kaars en verse bloemen heen. De stoel waar Emma het meeste in zat was op zo'n manier neergezet dat ze daar voortdurend naar kon kijken. Veel meer dan naar Annemie's afbeelding kijken deed ze dan ook niet meer, behalve dan over Annemie praten.

Bianca zuchtte inwendig toen ze bij binnenkomst haar moeder alweer op haar stoel zag zitten, starend naar Annemie's foto. Het verdriet drukte loodzwaar op dit huis, er was geen enkele ruimte meer voor iets anders. Bianca kon dat begrijpen, toch viel het haar steeds zwaarder om er geen opmerking over te maken. Dat leidde echter alleen maar tot ruzie, wist ze inmiddels uit ervaring. Haar ouders, en dan vooral haar moeder, vatten iedere poging tot een gesprek in die richting als kritiek op. Hun leven was stil komen te staan op het moment dat Annemie verongelukte. Er was zelfs amper belangstelling voor de zwangerschap van Melanie, terwijl die baby toch hun kleinkind werd.

Bianca had vaak het gevoel dat ze stikte als ze thuis was. Ze kon er trouwens net zo goed niet zijn, dacht ze regelmatig somber. Haar moeder leek haar aanwezigheid amper op te merken. Er was nooit belangstelling voor haar leven, er werd niet gevraagd hoe het met haar werk ging en niemand informeerde hoe zij zich voelde onder het gemis van haar zus. Het enige gespreksonderwerp dat Emma nog had, was Annemie. De onvrede die ze voelde over deze situatie, reageerde Bianca op anderen af. Dat wist ze van zichzelf, toch leek ze niet bij machte om daar verandering in te brengen. Met wroeging dacht ze terug aan het telefoontje van Vivienne die middag. Eigenlijk was het pure jaloezie geweest die haar zo had doen reageren, moest ze eerlijkheidshalve aan zichzelf toegeven. Ze was jaloers omdat Vivienne's leven wel verderging waar het hare gestopt was. Jaloers omdat Vivienne iets had om blij mee te zijn, iets wat haar al heel lang niet meer overkomen was. Haar leven kende helemaal geen hoogtepunten meer, het was één lange aaneenschakeling van saaie, sombere dagen. Ze nam zich voor het snel uit te praten en goed te maken met Vivienne. Het laatste wat ze wilde was een verwijdering tussen hen tweeën, er waren toch al zo weinig mensen over nu Annemie dood was en Dianne uit hun gezichtsveld was verdwenen. Bianca miste die laatste meer dan ze toe wilde geven, dat was echter een onderwerp van gesprek dat ze al helemaal niet aan durfde te snijden thuis. Het was ook zo dubbel. Ze haatte Dianne om wat ze hun gezin had aangedaan, maar ze hield van de Dianne die ze altijd gekend had. Ze bleef er echter bij dat het ongeluk niet gebeurd zou zijn als Dianne niet dronken achter het stuur was gestapt, en dat gegeven maakte iedere toenaderingspoging bij voorbaat onmogelijk.

'Volgende week is het Annemie's verjaardag,' zei Emma vanuit het niets.

Bianca vertrok cynisch haar mondhoeken. Annemie, Annemie, altijd weer Annemie. Vergeten zou ze haar zusje uiteraard nooit, maar haar dood verwerken werd onmogelijk gemaakt op deze manier. Ze kreeg de kans niet om het een plek te geven, zoals Vivienne wel steeds beter lukte.

'Wou je dat soms vieren?' vroeg ze sarcastisch.

Emma keek haar alleen even aan. 'We mogen die dag niet zomaar ongemerkt voorbij laten gaan,' zei ze kalm, alsof Bianca niets gezegd had. 'Ik dacht erover om met ons allen bij elkaar te komen. We kunnen haar lievelingsmuziek draaien, de hapjes maken die ze lekker vond en over haar praten.'

Alsof je ooit anders doet dan dat laatste, dacht Bianca bij zichzelf. 'Een soort herdenkingsavond,' zei ze in plaats daarvan.

'Zoiets, ja.' Er trok een schaduw over Emma's gezicht. 'Al is het natuurlijk vreselijk dat het een herdenking wordt in plaats van een gewone verjaardagsviering. Waarom toch? Waarom moest dit gebeuren? Mijn kleine Annemie...' Tranen rolden over haar wangen.

Ik ben er ook nog, had Bianca wel willen schreeuwen. Denk eens aan je andere kinderen en aan je komende kleinkind. Wij hebben je ook nodig! We zijn Annemie al kwijt en voor ons gevoel ben jij er ook niet meer. Ze hield zich echter stil en slikte die opmerkingen in. Het had toch geen nut. Ze had vaker geprobeerd iets dergelijks naar voren te brengen en het enige wat daarop gevolgd was, waren tranen en verwijten. Emma leefde nog slechts in het verleden, ze wilde en kon de realiteit van het leven niet meer aan.

Zwijgend verdween Bianca de keuken in om voor de avondmaaltijd te zorgen. Emma was daar zonder meer mee gestopt en automatisch had Bianca die taak van haar overgenomen. Er werd in stilte gegeten. Leo sprak de laatste maanden niet meer dan strikt noodzakelijk was en Emma was in gedachten bezig met het organiseren van de dag van Annemie's verjaardag. Bianca had langzamerhand het gevoel dat ze stikte. De dood van Annemie had tevens al het leven uit dit huis weggejaagd. Zodra ze de afwas had gedaan, vluchtte ze het huis uit. Ze had geen plannen, maar ze moest weg voordat ze helemaal geen adem meer kon halen.

Na een lange wandeling, amper beseffend waar ze was, werd Bianca's aandacht getrokken door luide muziek, die uit een café bleek te komen. Automatisch richtte ze haar schreden die kant op. Ze kende deze zaak niet, maar daar binnen waren in ieder geval mensen, gezelligheid en levendigheid, zaken die ze op dat moment hard nodig had. Het was druk, toch vond ze nog een plekje aan de bar. Ze bestelde een cocktail met een exotische naam en dronk die langzaam op terwijl ze luisterde naar de gesprekken die om haar heen gevoerd werden. Gesprekken van normale mensen, die niet gebukt gingen onder verdriet. Mensen met een normaal leven. Wat leek het lang geleden dat zij daar ook toe had behoord. Tevreden leunde ze op de bar. Ook al praatte er niemand tegen haar, ze koesterde zich in de luchtige sfeer die hier hing. Na de verstikkende stilte thuis was dit een verademing. Hier, waar niemand iets van haar omstandigheden af wist, kon ze eventjes net doen of er niets aan de hand was.

Zich amper bewust van het feit dat haar oudste dochter weggegaan was, pakte Emma de telefoon om Arnoud,

Bo en Vivienne te bellen en uit te nodigen voor de avond van Annemie's verjaardag. Arnoud reageerde in eerste instantie nogal terughoudend.

'Ik weet het niet, hoor,' aarzelde hij. 'Het klinkt me een beetje luguber in mijn oren om de verjaardag te vieren van iemand die er niet meer is.'

'Het wordt geen verjaardagsfeestje, maar een herdenking,' wees zijn moeder hem terecht. 'Annemie is je zusje, je kunt die dag toch onmogelijk voorbij laten gaan als alle andere dagen.'

'We denken iedere dag aan haar, daar hebben we geen speciale datum voor nodig. Het klinkt heel hard, mam, maar die dag is voortaan een dag als alle anderen.'

'Voor mij niet.' Emma's stem trilde. 'Doe het dan voor mij.'

'Oké,' gaf hij toe. Dat was makkelijker dan tegen zijn moeder in gaan. 'Maar onder voorbehoud natuurlijk. Melanie is bijna uitgerekend, dus ik kan niets garanderen.'

'Zou het niet geweldig zijn als ze op Annemie's verjaardag bevalt?' zei Emma.

Dat hoopte Arnoud toch niet. Hun kindje had recht op een eigen dag, zonder ieder jaar te horen te krijgen dat dit eigenlijk de verjaardag van tante Annemie was geweest. Hij zei echter niets van die strekking. Net als Bianca had hij dat allang opgegeven. Emma luisterde toch naar niemand.

Bij Bo vond Emma's voorstel meteen aftrek. Zij vond het een goed idee en gaf aan dat ze zelf ook al over zoiets gedacht had.

Vivienne zat net met Peter aan het dessert toen haar mobiel overging. Na een blik op het schermpje maakte ze een verontschuldigend gebaar.

'Deze moet ik even nemen. Sorry.' Omdat ze niet aan

tafel wilde telefoneren liep ze snel naar het smalle gan-
getje bij de garderobe van het restaurant. Eigenlijk zou
ze dit telefoontje het liefst negeren. Het was ontzettend
gezellig met Peter en het klikte op alle fronten tussen
hen. Dankzij hem kon ze een paar uur vergeten wat er
allemaal was gebeurd en wat er speelde in haar leven,
maar door dit telefoontje werd ze weer met haar neus op
de feiten gedrukt. Niet opnemen was echter geen optie.
Het ging om Emma, de vrouw die al heel lang een moe-
derrol speelde in haar leven, niet zomaar een willekeuri-
ge kennis. Sinds die noodlottige avond durfde Vivienne
sowieso geen telefoontjes meer te negeren. Ze verweet
het zichzelf nog altijd dat ze niet bereikbaar was geweest
op dat moment, al had ze daar dan zelf niets aan kunnen
doen.

Met gemengde gevoelens luisterde ze naar Emma's
verhaal. Eigenlijk wist ze niet goed wat ze hiervan moest
denken, maar omdat Emma enorm aandrong beloofde ze
uiteindelijk dat ze zou komen.

'Slecht nieuws?' informeerde Peter toen Vivienne met
een bedrukt gezicht terugkeerde naar hun tafeltje.

'Een uitnodiging voor een verjaardag annex herdenking,' zuchtte Vivienne. Het was hem niet kwalijk te
nemen dat hij haar verbaasd aanstaarde. Vivienne maakte een vaag gebaar met haar hand. 'Lang verhaal.'

'Ik heb de tijd.' Hij boog zich over de tafel naar haar
toe. 'Als je erover wilt praten tenminste. Ik realiseer me
dat we elkaar nog maar amper kennen.'

Ze glimlachte naar hem. 'Zo voelt dat niet.'

'Fijn dat je er zo over denkt,' zei Peter warm terwijl hij
zachtjes in haar hand kneep.

'Een vriendin van me is bijna een halfjaar terug overleden,' begon Vivienne nu te vertellen. Het voelde helemaal niet vreemd om hem dit verhaal te doen. Zoals hij

die middag met haar had meegeleefd bij haar goede nieuws, luisterde hij nu aandachtig naar dit trieste relaas.

'Ik kon niet anders dan toezeggen dat ik zal komen,' eindigde Vivienne haar verhaal.

'Nee, op die avond kun je niet wegblijven,' was Peter het met haar eens. 'Maar hoe voelt het voor jou? Is dit iets wat je wilt doen of ga je alleen omdat je je daartoe verplicht voelt?'

'Dat weet ik eigenlijk niet goed,' antwoordde Vivienne na enig nadenken. 'Ik heb toegestemd omdat ik vind dat ik moet, maar ik heb nog geen kans gehad om mijn eigen gevoelens te analyseren. Eerlijk gezegd denk ik niet dat ik hier behoefte aan heb. Annemie zit in mijn hart, ik heb geen speciale gelegenheden nodig om haar te gedenken. Mijn leven is doorgegaan, al wordt dat me niet door iedereen in dank afgenomen,' zei ze, gedachtig Bianca's woorden van die middag.

'Voor ouders ligt dat natuurlijk anders.'

'Voor zussen blijkbaar ook.' Vivienne trok met haar schouders, het gesprek met Bianca was geen aangename herinnering. 'Het is overigens niet zo dat ik alles al heb verwerkt en vrolijk verderga. De keren dat ik 's nachts in bed lig te huilen omdat ik Annemie zo mis, zijn niet te tellen.'

'Alleen 's nachts?' vroeg Peter.

'Overdag heb ik er geen tijd voor. Dan moet ik mijn tijd verdelen tussen mijn werk, het gezin Verbrugge en Dianne. Bij haar ga ik bijna iedere dag wel even langs, want ze zit er helemaal doorheen. Het is alleen nog een kwestie van afwachten wanneer ze de bodem van de put raakt en beseft dat ze zo niet verder kan gaan. Wellicht gaat ze dan op zoek naar professionele hulp, op dit moment wil ze daar nog niets van weten. Ik wilde dat ik iets voor haar kan doen, maar ik sta machteloos.'

'Ze boft in ieder geval met een vriendin als jij. Niet veel mensen zouden dat zo trouw vol blijven houden, vooral niet als alles van één kant moet komen,' begreep Peter.

Vivienne knikte. 'Dat is zeker waar. Vanmiddag belde ik haar om te vertellen van mijn ontwerp, maar daar ben ik uiteindelijk niet eens aan toe gekomen. Het interesseert haar ook niet. Het hele leven glijdt langs haar heen, ze is alleen maar bezig met wat ze heeft aangericht. Begrijpelijk, maar eerlijk gezegd ook zeer vermoeiend en frustrerend. Dianne is Dianne niet meer, eigenlijk ben ik haar ook kwijtgeraakt op die bewuste avond. Enfin...' Ze haalde gelaten haar schouders op. 'Het is nu eenmaal niet anders. Trouwens, over mijn ontwerp gesproken, dit moest een feestelijk avondje zijn om het te vieren. In plaats daarvan zijn we ineens bij zo'n loodzwaar onderwerp aanbeland.'

'Voel je vooral niet bezwaard. Onder vrienden moet alles bespreekbaar zijn. Ik ben blij dat je ook dit met me wilde delen,' zei Peter daar eenvoudig op.

Vivienne's hart sprong even op. Ze lachte naar hem en zette resoluut, voor de rest van deze avond, alle gedachten aan haar vriendinnen van zich af. Ze was een avondje uit, voor het eerst in maanden, en daar mocht ze best van genieten. Morgen maakte ze zich wel weer druk over de rest van haar leven.

Ze was zich niet bewust van het feit dat Bianca zich slechts op honderd meter afstand van haar bevond. Ze zat nog steeds aan de bar van het voor haar vreemde café, inmiddels in gezelschap van twee mannen en een vrouw, verwikkeld in een druk gesprek. Het was heerlijk om met mensen te praten die verder niets van haar af wisten en die geen benul hadden van de tragedie die zich nog maar zo kort geleden in haar leven had afgespeeld.

Eindelijk voerde ze dan weer eens een gesprek dat niet over Annemie ging. Ze lachte, dronk meer dan goed voor haar was en kletste vrolijk met deze nieuwe kennissen, alsof ze weer even een gewone jonge vrouw was zonder loodzware last op haar schouders.

'Ik vind jou een leuke meid,' zei een van de mannen terwijl hij aanhalig zijn arm om haar schouder sloeg. Gevleid leunde Bianca tegen hem aan, ze ontweek de lippen die haar hals beroerden niet. Door de hoeveelheid alcohol in haar lijf voelde ze zich heerlijk zorgeloos en vrolijk.

'Zullen we ergens anders heen gaan?' fluisterde hij in haar oor. 'Ergens waar we ongestoord met z'n tweeën kunnen zijn?'

Als in een roes stemde ze hier mee in en willoos liet ze zich door hem van haar barkruk af helpen.

De vrouw giechelde en stootte haar partner aan. 'Die hebben ons niet meer nodig. Houd je het netjes, Koos?' riep ze hen achterna.

De man grijnsde breed. 'Vast niet,' zei hij terwijl hij Bianca hielp met haar jas en haar met een hand in haar rug in de richting van de uitgang duwde.

Bianca hoorde het niet eens. Hoewel ze niet meer helemaal helder was, wist ze wat er ging gebeuren en daar verzette ze zich niet tegen. Een paar uur vergetelheid was precies wat ze nu nodig had. Eenmaal buiten drukte ze zich stevig tegen hem aan en met de armen om elkaar heen geslagen liet ze zich meevoeren naar zijn huis.

Bo was op hetzelfde moment bezig met het uitzoeken van de muziek waar Annemie van gehouden had. Zij was de enige die zonder terughoudendheid had ingestemd met het plan van Emma en had beloofd haar te helpen met de voorbereidingen van de avond. In tegenstelling tot Bianca had zij helemaal geen behoefte aan uitspattingen of aan mensen om zich heen die niet wisten wat er gebeurd was. Zij praatte juist vaak over het ongeluk en gebruikte die gesprekken als een vorm van therapie. Haar leven was honderdtachtig graden gedraaid sinds die fatale avond. Voor het eerst was ze serieus gaan nadenken over haar eigen rol op deze wereld. Het was niet slechts bij denken gebleven, ze had daadwerkelijk alles veranderd. Ze was gestopt met andere mensen de schuld te geven van haar mislukkingen en had zelf de touwtjes van haar leven in handen genomen. Haar zwart betaalde baantje achter de bar had ze opgezegd, in plaats daarvan werkte ze nu als verkoopster in een kledingzaak. Het salaris was geen vetpot, maar door zuinig te leven wist ze zich prima te redden. Daarnaast was ze een schriftelijke cursus administratief werk gaan doen. Informatie over aanvullende cursussen op dat gebied had ze al in huis en ze was vastbesloten om zich daar volledig voor in te zetten. Over een paar jaar was zij iemand met een carrière en niet met slechts een baan, had ze zich voorgenomen. Iedereen die geen al te hoge dunk van haar had, en eerlijk gezegd was dat bijna iedereen die ze kende, zou ze eens laten zien wie Bo Verbrugge was!

Het viel niet mee om het roer volledig om te gooien, maar door de gedachte aan Annemie hield Bo het vol. Het besef dat het leven veel te kort was om het door haar vingers te laten glippen deed haar iedere ochtend opnieuw naar haar werk gaan en iedere avond achter de boeken kruipen. Na een moeizaam begin en het nodige zelfbeklag, ontdekte ze dat ze zich hier steeds beter bij ging voelen. De regelmaat die ze nu had, deed haar goed en voorkwam dat ze terugviel in haar oude fouten. Het besef dat zij als enige verantwoordelijk was voor haar eigen leven, maakte haar sterk en vastberaden. Er was weinig meer over van de oude, onverschillige, cynische Bo. In enkele maanden tijd groeide ze uit tot een volwassen, zelfstandige vrouw die wist wat ze wilde. Ze had een grote foto van Annemie in haar kamer opgehangen en tijdens moeilijke momenten praatte ze daar tegen. In gedachten hoorde ze Annemie dan antwoord geven. Ze kende haar nichtje goed genoeg om te weten wat die te zeggen zou hebben en dat gaf haar de kracht om door te gaan.

Al met al had Bo het tegenwoordig behoorlijk druk, te druk om een intensief contact met haar vriendinnen en familie te onderhouden. Ze sprak Emma regelmatig door de telefoon, maar die gesprekken gingen bijna alleen maar over Annemie. Niemand wist eigenlijk precies waar zij zich tegenwoordig mee bezighield. Waarschijnlijk dachten ze allemaal dat ze nog steeds achter die bar werkte en een uitkering incasseerde. Op de avond van Annemie's verjaardag zou ze het hun vertellen, nam Bo zich voor. Ze wist zeker dat haar familie trots op haar zou zijn.

10

Negenentwintig september. Vandaag was de verjaardag van Annemie, dat was de eerste gedachte die in Dianne's hoofd opkwam bij het wakker worden die ochtend. Niet dat ze goed geslapen had overigens. Ze had de halve nacht liggen woelen. Pas tegen de ochtend was ze in een onrustige slaap gevallen, waar ze na een halfuur alweer zwetend uit ontwaakte. Daarna had ze nog een uur droomloos geslapen voor ze wakker werd van Stevens wekker. Stil bleef ze liggen, starend naar het plafond, terwijl hij in de badkamer verdween en zich klaarmaakte voor een nieuwe werkdag.

'Kom je eruit of blijf je liggen?' vroeg hij kortaf nadat hij zich aangekleed had.

'Waarom zou ik eruit komen?' zei Dianne mat. 'Om vervolgens op de bank te gaan liggen?'

'Je zou ook eens wat kunnen gaan doen. Het huis schoonmaken bijvoorbeeld. Boodschappen doen. Werken. Dingen die normale mensen ook doen.' Geïrriteerd begon Steven op te ruimen in de slaapkamer. Dianne zakte steeds dieper weg en zijn geduld met haar begon op te raken. Soms schreeuwde hij tegen haar in de hoop een normale reactie uit te lokken, maar ze schreeuwde nooit terug. Hij was de vlakke klank van haar stem en de toonloze manier waarop ze praatte gaan haten. Zijn voorstel om professionele hulp te gaan zoeken had ze van de hand gewezen. Geen enkele therapeut kon haar van haar schuld afhelpen, had ze beweerd.

'Ik wilde dat ik kon werken.' Dianne maakte haar ogen

los van het plafond en richtte ze op Steven. 'Het is geen onwil, ik ben er gewoon niet toe in staat.'

'Je doet dan ook geen enkele poging om het te proberen.'

'Ik heb iemands dood op mijn geweten, de meeste mensen worden van minder depressief.'

'Met die houding kom je natuurlijk nergens,' zei hij ongeduldig. 'Als je zelf niet wilt, houdt het verder op. Enfin, je kijkt maar wat je doet, ik ga naar mijn werk. Tot vanavond.'

Zonder een afscheidskus verliet hij de slaapkamer en even later het huis. Dianne bleef onbeweeglijk liggen. Steven had makkelijk praten. Iedereen had makkelijk praten, maar niemand kon ook maar in de verste verte begrijpen wat zij iedere dag doormaakte. Mijn schuld, mijn schuld, mijn schuld, die twee woorden bonkten voortdurend door haar hoofd en die beletten haar om haar leven weer op te pakken. Ze kon simpelweg niet verder met de loodzware last die op haar schouders lag. Niet alleen Annemie's leven was op die fatale avond geëindigd. Het hare ook, al was het dan in andere zin. Alleen haar lichaam wist dat nog niet. Dat ging verder terwijl haar geest allang gestopt was. Ze ademde nog, maar daar was eigenlijk alles mee gezegd.

Het was Bo die Vivienne binnenliet.

'Je bent de laatste,' zei ze. 'Iedereen is er al.'

'Zoveel genodigden zijn er anders niet,' kon Vivienne niet nalaten snibbig op te merken. 'De groep wordt steeds kleiner.'

'Jij had zeker nog steeds gehoopt dat Dianne hier ook welkom bij zou zijn,' zei Bo spottend. 'Hoe is het trouwens met haar?'

'Interesseert dat je werkelijk?'

'Eigenlijk niet, nee.'

'Vraag er dan ook niet naar,' pareerde Vivienne scherp. Bo haalde haar schouders op en liep naar de keuken, waar ze een dienblad vulde met kannen koffie, bekers, melk en suiker. Automatisch begon Vivienne haar te helpen. Even later voegde Bianca zich bij hen.

'Melanie heeft liever thee,' meldde ze. 'Ga jij maar vast naar binnen, Bo, ik zet het water wel op.' Ze hield Vivienne, die achter Bo aan wilde lopen, tegen. 'Sorry voor vorige week,' zei ze toen Bo uit de keuken was. 'Ik reageerde rottig.'

'Het was niet leuk,' gaf Vivienne toe. 'Maar ik begrijp het wel.'

'Werkelijk? Ik kan me niet voorstellen dat er iemand is die mij momenteel begrijpt.'

'Het is niet makkelijk voor je, maar dat is het voor niemand van ons. We gaan allemaal door een rouwperiode heen en we missen Annemie ook allemaal.'

Bianca schudde haar hoofd. 'Dat is het niet alleen. Het is… Alles… De sfeer hier in huis, mijn ouders, dat alles bij elkaar maakt het me onmogelijk om op een normale manier door te gaan. De tijd is hier stil blijven staan.'

'Het leven gaat toch verder,' merkte Vivienne op. 'Die opmerking nam je me vorige week kwalijk en ik besef ook heel goed dat het klinkt als een goedkoop cliché, maar het is wel zo.'

'Hier in huis niet,' herhaalde Bianca. 'Er is niets anders dan verdriet, voor andere emoties is geen plaats meer. Jij hebt je leven met alles wat daarbij hoort, en het verdriet om Annemie is daarbij gekomen. Hier is het in plaats van de rest van het leven gekomen. Ik weet niet goed hoe ik het moet uitleggen.'

'Ik denk dat ik wel weet wat je bedoelt. Het is duidelijk merkbaar als ik met je moeder praat,' knikte Vivienne.

'Ieder gesprek draait ze in de richting van Annemie.'
Het water begon te koken en Bianca draaide het gas uit.
'Deze avond ook weer. Ik snap wel dat ze deze dag niet
zonder meer voorbij wilde laten gaan, maar ze vraagt
zich geen seconde af wat wij ervan vinden. Door emotionele chantage dwingt ze ons dit met haar mee te beleven, we krijgen niet de kans om dit op onze eigen manier
te ondergaan. Het is een verplichting waar we niet
onderuit kunnen.'
'Zo voelde ik het ook,' zei Vivienne verrast. 'Je slaat
de spijker op z'n kop. Gelukkig, dan ben ik dus niet de
enige die er zo over denkt. Ik vond mezelf zo harteloos.'
'Mama leeft tegenwoordig in haar eigen wereldje.
Heel vreemd. Toen ze nog drie kinderen had, was er
voor ons allemaal voldoende ruimte in haar hart. Nu ze
er nog maar twee heeft, is er alleen plek voor die ene.'
'Het kind dat je moet missen, is het meest dierbare, dat
heb ik vaker gehoord,' zei Vivienne voorzichtig.
'Dat lijkt me op zich logisch, maar ze lijkt wel geobsedeerd.' Bianca huiverde. 'Arnoud en ik doen er helemaal niet meer toe. Ze heeft amper belangstelling voor
Melanie en de zwangerschap. Zo'n baby zou toch juist
een troost moeten zijn, denk ik dan.'
'Iedereen verwerkt het op zijn eigen manier. Gun haar
een beetje tijd.'
'Ik weet niet of ik dit nog lang volhoud,' zei Bianca
somber. 'Het is niet prettig meer om thuis te zijn. Ik ben
blij dat ik iedere dag naar mijn werk toe moet. 's Avonds
ga ik vaak stappen om de sfeer hier te ontvluchten.'
'Het is ook niet goed dat je hier blijft hangen. Je zou
gewoon op jezelf moeten gaan wonen, zoals de bedoeling toch al was,' adviseerde Vivienne.
'Dat klinkt aantrekkelijk, maar dat kan nu niet. Het
enige wat mama nog doet is Annemie's kamer schoon-

houden, haar foto's afstoffen en zorgen dat er iedere dag verse bloemen bij haar portret staan. Als ik wegga, versloft het hele huis en krijgt mijn vader geen enkele avond meer een behoorlijke maaltijd voorgezet.'

'Dat is niet jouw verantwoordelijkheid.'

'Dat weten mijn hersens ook, maar zo simpel ligt het niet, Viev. Ik kan niet simpelweg de deur achter me dichttrekken en zeggen dat ze het zelf maar moeten uitzoeken. Dat zou jij ook niet kunnen.'

'Waarschijnlijk niet, nee,' gaf Vivienne toe. 'Het ligt complex, meid. Ik kan je niets anders adviseren dan het een tijdje af te wachten of de zaken zich ten goede keren. Tenslotte is het nog maar heel kort geleden. Wat is nu een halfjaar? Als er niets verandert zou ik eens met jullie huisarts gaan praten als ik jou was. Wellicht heeft je moeder professionele begeleiding nodig om deze klap te kunnen verwerken.'

'Zeg dat maar niet tegen haar,' waarschuwde Bianca. 'Dat heb ik één keer geprobeerd en het is uitgelopen op een behoorlijk heftige ruzie. Ze beet me toe dat ze niet gek is, maar dat ze verdriet heeft en verweet me dat ik geen begrip voor haar kon opbrengen. Dat laatste begint in ieder geval aardig te kloppen zo langzamerhand. Mijn incasseringsvermogen is niet van elastiek, het houdt een keer op.'

'Ik wilde dat ik meer kon doen en zeggen om je te helpen.' Vivienne haalde met een moedeloos gebaar haar schouders op. 'Hier is echter geen pasklare oplossing voor. Ik sta in ieder geval altijd tot je beschikking als je erover wilt praten.'

'Dank je. Jammer dat alleen praten niets oplost.' Bianca knipperde met haar ogen om de tranen die zich daarachter verzamelden tegen te houden. 'Laten we maar snel naar binnen gaan voordat ze ons komen halen.'

Vivienne zag enorm tegen de avond op, maar op een gegeven moment kwam ze tot de ontdekking dat dit eigenlijk heel mooi was. Er werden talloze herinneringen aan Annemie opgehaald, verhalen waarbij zowel gelachen als gehuild werd. Foto's vanaf haar babytijd gingen van hand tot hand en knutselwerkjes die ze ooit op school had gemaakt werden vertederd bewonderd. De hele avond was eigenlijk één groot eerbetoon aan Annemie's leven, en aan het eind van de avond had Vivienne zowaar het gevoel dat ze deze periode nu echt kon afsluiten. Het gemis zou voorlopig nog niet minder worden, maar dit was een mooi afscheid geweest, zo voelde het echt voor haar.

Nadat alle foto's weer waren opgeborgen, zaten ze nog een tijdje stil met z'n allen bij elkaar. Niemand wist meer echt goed wat te zeggen, er was echter ook niemand die deze avond als eerste wilde beëindigen door weg te gaan. Het was Melanie die op een gegeven moment de stilte verbrak.

'Ik heb weeën,' zei ze zo zacht dat bijna niemand het verstond.

Arnoud schoot direct overeind uit zijn stoel. 'Wat? Hoe lang al?'

'De hele avond,' bekende ze. 'Ze worden nu behoorlijk sterk en komen ook steeds sneller op elkaar.'

'Waarom heb je dat niet gezegd?' verweet hij haar.

'Dat wilde ik niet. Het was ook nog niet nodig, schat. De baby floept er echt niet zomaar uit,' antwoordde Melanie nuchter. Ze kromp even ineen bij een nieuwe, felle kramp die door haar lichaam heen trok. 'Het was zo'n mooie avond,' vervolgde ze toen, daarmee de gedachten van alle aanwezigen vertolkend. 'Dat wilde ik niet abrupt verbreken. Ik vind het eigenlijk wel bijzonder dat ons kindje zijn leven begint op deze avond. Het geeft eens te meer aan dat leven en dood heel dicht bij elkaar liggen.'

'Dat klinkt heel leuk, maar we gaan nu toch echt naar het ziekenhuis,' was Arnouds pragmatische reactie daarop. Hij had zijn jas al aan en hielp Melanie in de hare. De zenuwen vlogen hem ineens naar de keel en hij duwde haar zowat de deur uit.

Vivienne begon plotseling hard te lachen. 'Het lijkt wel of ze wordt opgebracht door hem, zo'n haast had hij om weg te komen. Er is ineens niets meer over van de serene sfeer.'

'Ik heb al die tijd gehoopt dat de baby op Annemie's verjaardag geboren zou worden,' zei Emma met blosjes van opwinding op haar gezicht. 'Dat zou heel mooi zijn. Net alsof ze weer een beetje terug is.'

Bianca keek op de klok, die kwart over elf aanwees. 'Reken daar maar niet op,' zei ze. 'Een eerste bevalling gaat meestal niet zo snel.'

'Maar ze is al een paar uur bezig,' weerlegde Emma dat.

'De benodigde tien centimeter zal ze echter nog niet hebben, anders had ze wel eerder alarm geslagen. Trouwens, het lijkt me voor dat kind helemaal niet prettig om op de verjaardag van een overleden tante geboren te worden. Dat is een last die hij of zij het hele leven mee moet dragen. Iedere verjaardag komen dan opnieuw de verhalen van tante Annemie op tafel, verhalen die zo'n kind natuurlijk niets zeggen.'

Emma wierp haar oudste dochter een boze blik toe. 'Voor mij zou het een troost zijn, maar dat lijk je me niet te gunnen.'

Het klonk zo vinnig dat Vivienne en Bo elkaar geschokt aankeken. Als dit de toon was waarop dit gezin tegenwoordig met elkaar communiceerde, vond Vivienne het niet vreemd dat Bianca dit huis het liefst ontvluchtte. Leo zat er zwijgend bij. Hij leek amper te horen wat er gezegd werd en bemoeide zich nergens mee. Ook dat was tegenwoordig normaal, volgens Bianca.

'Mama, dit kindje is geen plaatsvervanger voor Annemie,' zei Bianca rustig. 'Het krijgt zijn eigen persoonlijkheid en karakter en hopelijk ook zijn eigen verjaardag.'

'Als het een meisje wordt, gaat ze Annemie heten,' zei Emma alsof Bianca niets gezegd had.

'Hebben ze dat gezegd?' vroeg Bo.

'Dat lijkt me niet meer dan logisch. Zo zullen we toch weer een Annemie hebben.'

Het klonk zo beslist dat niemand ertegenin durfde te gaan. Vivienne wilde het liefst opstappen, maar kijkend naar het witte gezicht van Bianca besloot ze nog even te blijven. Wel leek het haar raadzaam om van gespreksonderwerp te veranderen.

'Hoe gaat het nu met jou?' wendde ze zich tot Bo.

Die veerde overeind. Deze vraag had ze nodig om met haar verhaal voor de dag te komen. Ze had de afgelopen maanden hard gewerkt en ze maakte goede vorderingen met haar studie. Ze popelde om dit nieuws met haar familie te delen, maar daar was de hele avond nog geen gelegenheid voor geweest.

'Eigenlijk heel goed,' begon ze te vertellen. 'Ik heb een nieuwe baan in een kledingzaak, die best leuk is, maar waar ik weinig vooruitzichten heb. Om dat te compenseren ben ik aan een studie begonnen. Voordat jullie het weten, heb ik een echte carrière.' Trots keek ze om zich heen en de reacties waarop ze had gehoopt lieten niet lang op zich wachten.

'Wat goed van je,' zei Bianca meteen. 'Dus dat baantje in die bar heb je vaarwel gezegd?'

Bo knikte bevestigend. 'Mijn uitkering ook. Mede dankzij Annemie, moet ik zeggen.'

'Ze trok behoorlijk fel van leer tijdens dat weekend over dit onderwerp,' herinnerde Vivienne zich. 'Ze was echt kwaad op je. Is dat de reden dat je besloten hebt het roer om te gooien?'

'Het telde mee, maar het was niet de hoofdreden. Eigenlijk komt het vooral door dat ongeluk,' vertelde Bo. 'Dat heeft me de ogen geopend. Ik merkte ineens hoe kort het leven soms kan zijn en daarmee groeide ook het besef dat tijd te kostbaar is om door je vingers weg te laten lopen. Ik leefde van dag tot dag, zonder doel in het vooruitzicht en zonder me ergens om te bekommeren. Dat is nu veranderd. Ik heb een duidelijk doel voor ogen en werk hard om dat te bereiken.'

'Fijn voor je.' Vivienne knikte haar hartelijk toe. Het contact met Bo was weliswaar verwaterd en ze waren het niet in alles met elkaar eens, toch gunde ze haar dit van harte. Bo zag er ook een stuk beter uit dan vroeger, zag ze. Haar gemelijke houding was verdwenen, evenals de harde blik in haar ogen en de cynische trek om haar mond. Het leek erop dat ze eindelijk volwassen was geworden.

'Het is vreselijk dat er zo'n aanleiding voor nodig was,' zei Bo toen zacht. Ze wendde zich tot Emma. 'Maar vind je het geen troostrijke gedachte dat Annemie's dood niet helemaal voor niets is geweest? Daardoor ben ik gaan nadenken over het leven.'

'Hoe durf je dat te zeggen?' Emma stond op en keek vanuit die houding op Bo neer. Haar ogen flikkerden vervaarlijk. 'Waar haal je het lef vandaan? Denk je nou werkelijk dat ik blij kan zijn met jouw nieuwe leven terwijl Annemie er niet meer is? Die prijs was het absoluut niet waard.'

'Zo bedoelde ik het niet,' stamelde Bo geschrokken. 'Ik dacht alleen... Het was bedoeld als troost.'

'Troost!' Het klonk verachtelijk. 'Er is niets ter wereld dat mij kan troosten. Helemaal niets. Zeker niet het feit dat jij een baan hebt.' Dat laatste voegde Emma er ronduit sarcastisch aan toe.

'Het gaat niet om die baan. Mijn hele leven is veranderd door het inzicht dat het zomaar ineens afgelopen kan zijn,' probeerde Bo uit te leggen. 'Misschien was mijn woordkeus wat ongelukkig, maar ik bedoelde het goed.'

'O, ik weet precies wat je bedoelt. Jij hebt nu een goed leven omdat Annemie dood is en je verwacht werkelijk dat wij dat toejuichen,' beet Emma haar toe. Ze stond nog steeds midden in de kamer. 'En alsof het nog niet erg genoeg is dat wij de prijs voor jouw nieuwe leven betalen, kom je het ook nog even inwrijven. Ga weg. Ga alsjeblieft weg. Ik wil je niet meer zien.'

'Maar... Emma, ik...'

'Ga weg, zei ik!' Emma keerde zich van Bo af, ze wees demonstratief naar de deur. 'Ga maar genieten van alles wat je tegenwoordig hebt, maar val mij er niet mee lastig. Iemand die zulke dingen durft te beweren is hier niet meer welkom.'

Bo bleef als versteend zitten, net als Bianca en Vivienne. Met grote ogen staarden ze naar de razende Emma. Zo hadden ze haar nog nooit gezien. Dit was een onwerkelijke situatie, vooral omdat ze zich een uur eerder nog zo met elkaar verbonden hadden gevoeld. Toen niemand reageerde, liep Emma zelf naar de deur.

'Ik ga naar boven,' zei ze op hoge toon. 'Het is voor mij niet te verdragen om nog langer met jou in één kamer te vertoeven. Ik verwacht dat je hier nooit meer een voet over de drempel zet.'

Zonder nog iemand een blik waardig te keuren trok ze de kamerdeur achter zich dicht, haar familie verbijsterd achterlatend. Leo had nog steeds geen woord gezegd. Hij bekeek de hele situatie alsof het hem niets aanging.

'Zeg jij nu eens iets!' viel Bianca fel tegen hem uit. 'Je zit erbij alsof je niet bij dit gezin hoort, terwijl alles om ons heen afbrokkelt. Dit is toch niet normaal?'

'Ik kan haar niet tot rede brengen,' zei Leo. Het klonk berustend, blijkbaar had hij zich daar al bij neergelegd. 'Je moeder is niet te bereiken, voor niemand.'

'Je doet er anders ook niet echt je best voor,' hoonde Bianca terwijl ze zich van hem afkeerde. 'Het spijt me,' wendde ze zich nu tot Bo. 'Mijn moeder is... niet helemaal zichzelf.'

'Ik wilde haar helemaal niet kwetsen,' huilde Bo. 'Ik dacht echt dat ze trots op me zou zijn. Ik probeerde juist een positieve draai aan alle ellende te geven.'

'Voor mijn moeder bestaan er geen positieve dingen meer,' zei Bianca bitter. 'Zelfs niet het feit dat Arnoud en ik er nog zijn. Trek het je niet persoonlijk aan. Ze reageert wel vaker zo de laatste tijd, al moet ik zeggen dat dit wel zeer heftig was.'

'Dan ga ik maar.' Bo stond op, ze zag er heel nietig uit op dat moment. 'Ik hoop dat ze het niet echt meende en dat we er later over kunnen praten.'

'Reken daar maar niet op,' zei Bianca hard.

Op dat moment begon de telefoon te rinkelen en ze draaiden zich allemaal geschrokken naar het toestel.

'Dat moet Arnoud zijn,' begreep Vivienne. Snel keek ze op de klok. Bijna halfeen, zag ze. Dit kon niet anders zijn dan de mededeling dat de baby geboren was en ze hoopte dat het na twaalven gebeurd was.

Het was Leo die opnam. 'Fijn, jongen. Gefeliciteerd,'

hoorden ze hem zeggen. Gespannen wachtten ze af. 'Arnoud en Melanie hebben om tien over twaalf een dochtertje gekregen. Alles is goed en de baby weegt bijna acht pond. Ze noemen haar Stella.'

'Stella?' herhaalde Bianca. Ze knikte peinzend. 'Ik dacht al dat ze haar niet naar Annemie zouden vernoemen, dat is niets voor Arnoud.'

'Dat zal je moeder niet leuk vinden,' zei Leo meer tegen zichzelf dan tegen Bianca.

'Ga jij het haar maar vertellen,' reageerde die koel. 'Vivienne, kan ik vannacht bij jou slapen? Ik moet hier even weg.'

'Natuurlijk,' antwoordde die zonder aarzelen.

Ze was behoorlijk geschrokken van de wending die deze avond genomen had. Het was zo goed begonnen, ondanks de aanleiding hiervoor. Er had een sfeer van saamhorigheid gehangen. Door het gedeelde verdriet waren ze met elkaar verbonden geweest. Gezamenlijk hadden ze gehuild en gelachen, in het besef dat ze elkaar nodig hadden om hun verdriet te verwerken. Ondanks haar eerdere bezwaren en gevoelens was het een bijzonder mooie avond geweest, die Vivienne niet had willen missen. De aankondiging van Melanie dat haar bevalling was begonnen, had er nog een extra dimensie aan toegevoegd. Zoals ze zelf had gezegd, was dit het bewijs dat leven en dood met elkaar verbonden waren. En nu, zomaar opeens, was alles in duigen gevallen en de goede sfeer verdwenen alsof die er nooit was geweest. Vivienne wist al dat het dagelijks leven voor de familie Verbrugge tegenwoordig een worsteling was, maar nu begreep ze pas echt goed hoe zwaar ze het hadden. Onder druk van de omstandigheden konden ze elkaar niet meer bereiken. Ieder verwerkte zijn of haar verdriet op een andere manier, zonder raakvlakken met elkaar.

Alle warmte en liefde binnen dit gezin was weggevaagd alsof dat nooit had bestaan. Ze dreigden volledig uit elkaar te vallen.

11

Ondanks alles ging het leven verder, ook voor de mensen die veel van Annemie hadden gehouden. Hoewel Emma en Leo stil bleven staan en vooral Emma zo veel mogelijk vast wilde houden aan de tijd waarin Annemie er nog was, veranderde er veel voor de anderen. Vivienne was zich naast haar eigenlijke werk als verkoopster steeds meer gaan richten op het ontwerpen van sieraden, met veel succes. Fernando en Angelica waren enthousiast over haar werk en stimuleerden haar om zich daarop te richten. Inmiddels had ze al informatie ingewonnen over een cursus edelsmeden, waar ze binnenkort mee zou beginnen. Deze wending in haar carrière deed haar zichtbaar goed. Waar ze al een hele tijd halfslachtig van plan was om iets anders te gaan doen, maar niet goed wist wat, was dit een openbaring voor Vivienne. En dat terwijl ze er al jaren met haar neus bovenop gezeten had. Het was voor haarzelf ook als een volslagen verrassing gekomen en ze genoot er met volle teugen van. Dit was werk dat ze met hart en ziel kon doen. Nu ze zich er meer in verdiepte en ook kennis begon te nemen van de praktische kanten en beperkingen van het vak, werden haar ontwerpen steeds professioneler. Het was allang niets nieuws meer voor Vivienne om een van haar eigen creaties te verkopen in de winkel, toch schonk het haar nog steeds veel voldoening en gaf het haar nieuwe inspiratie voor andere sieraden. En dan was Peter er natuurlijk nog, haar buurman uit de flat met wie ze een hechte relatie aan het opbouwen was. Al met al lachte het leven Vivienne toe en ze danste door de dagen heen. De gevolgen van dat ene, fatale ongeluk vormden de enige schaduw in haar bestaan. Behalve het gemis, dat nog steeds behoorlijk schrijnde af en toe, werd ze ook voortdurend geconfronteerd met het lijden van de familie Verbrugge en de depressie van Dianne. Naar beide kanten toe voelde Vivienne zich tekortschieten, maar er was niets wat ze voor de twee partijen kon doen. Ze bleef trouw naar iedereen toe gaan, hoewel die bezoekjes haar steeds meer gingen tegenstaan. Bij Dianne was het of ze tegen een muur aan praatte, bij de familie Verbrugge werd ieder gesprek omgebogen in de richting van Annemie.

'Annemie zou het fijn voor je hebben gevonden dat je succes hebt in je werk,' had Emma bijvoorbeeld gezegd nadat Vivienne haar had verteld wat ze aan het doen was. 'Annemie zou Peter ook vast graag gemogen hebben,' werd er gezegd toen Vivienne hem had voorgesteld als haar nieuwe vriend. 'Annemie zou nu halverwege haar studie hebben gezeten,' was het commentaar op Vivienne's mededeling dat ze een cursus ging doen.

Zo kwam ieder gesprek op Annemie uit, wat benauwend overkwam op Vivienne. Zij groeide en veranderde, maar werd steeds weer verplicht stil te blijven staan bij iemand die altijd negentien zou blijven. Ze wilde dit niet. Ze zou Annemie nooit vergeten, ze maakte echter geen wezenlijk deel meer uit van haar leven. De herinnering aan haar kreeg een vast plekje in haar hart en de grote foto van Annemie bleef aan de muur hangen, maar ze wilde niet alles wat ze meemaakte toetsen aan wat Annemie gezegd of gedaan zou hebben. De bezoekjes aan Emma en Leo werden in de loop der tijd dan ook niet schaarser, maar wel veel korter. Na een halfuurtje kon Vivienne er meestal niet meer tegen en vluchtte met een smoesje het huis uit. Ze kreeg steeds meer medelijden met Bianca, die dit iedere dag moest ondergaan, maar die het nog steeds niet over haar hart kon verkrijgen om haar ouderlijk huis te verlaten.

'Dan hebben ze helemaal niemand meer,' was haar verweer als Vivienne daar met haar over wilde praten. 'De kring mensen om hen heen wordt toch al steeds kleiner. Deels door eigen schuld, maar ook omdat veel mensen niet weten hoe ze met hun verdriet moeten omgaan. Gemakshalve blijven die dan maar helemaal weg. Ik kan het hun niet aandoen om nu te vertrekken.' Ze verzweeg daarbij dat ze bijna geen avond meer thuis was. Bianca had zich in het uitgaansleven gestort in een poging vergetelheid te zoeken. In het circuit waarin ze zich 's avonds bevond wisten de mensen niets van haar omstandigheden en dat hield ze expres zo. Daar was ze niet de Bianca die haar zus op tragische wijze had verloren, maar de Bianca waar ze lol mee konden hebben en die niet vies was van mannelijke aandacht. Overdag was ze de zakelijke secretaresse, aan het einde van de dag en het begin van de avond de voorbeeldige dochter die ervoor zorgde dat iedereen te eten kreeg en die haar kritiek inslikte, en in de loop van de avond werd ze een waar feestbeest. Iemand die te veel dronk, hard lachte en regelmatig met een man meeging naar huis. Van sommige van die mannen wist ze de namen niet eens, maar daar ging het ook niet om. Als ze maar een paar uur niet aan de ellende thuis hoefde te denken. Dat was haar doel en daar slaagde ze wonderwel in. Thuis was allang niet meer de plek waar ze zich prettig voelde nu haar familie aan alle kanten uit elkaar viel, dus zorgde ze ervoor dat ze daar weinig te vinden was. De stem in haar achterhoofd die haar probeerde te vertellen dat dit niet de oplossing was en dat vluchten nooit zin had, negeerde ze zo veel mogelijk. Natuurlijk wist ze dat dit niet eeuwig zo door kon blijven gaan en dat er ooit iets moest veranderen, maar nu even niet. Nu wilde ze alleen maar zo veel mogelijk plezier maken en de rest vergeten.

Arnoud en Melanie hadden minder moeite om weer vorm te geven aan hun leven. Dankzij de kleine Stella konden ze vol overgave genieten. Ze waren dankbaar voor wat ze hadden en de zorg voor hun baby verdrong het verdriet om Annemie enigszins. Ze hadden stoïcijns gereageerd op Emma's verwijten dat ze de baby geen Annemie hadden genoemd. Arnoud meed zijn ouderlijk huis niet, maar richtte zich wel zo veel mogelijk op zijn eigen, nieuwe gezin. Zijn manier om met zijn moeder om te gaan was naar haar luisteren, zo min mogelijk commentaar geven en zich vervolgens terugtrekken in zijn eigen huis. Het deed hem pijn dat het tegenwoordig zo ging en dat alle warmte en het goede contact tussen de gezinsleden onderling verdwenen was. De komst van Stella zorgde er echter voor dat hij daar nooit te lang bij stilstond.

Bo had zich inmiddels helemaal losgetrokken uit de familiekring. Na de felle uitval van Emma op de avond van Annemie's verjaardag had ze geprobeerd met haar tante te praten, maar die had haar duidelijk gemaakt dat ze wat haar betrof niet meer welkom was in haar huis. De halfslachtige poging van Leo om tegen Emma in te gaan was zonder resultaat gebleven en Bianca had zich er helemaal niet mee bemoeid. Bo stortte zich op haar werk en haar studie en bouwde nieuwe vriendschappen op, in een poging niet achterom te kijken naar wat ze verloren had. Het quintet waarvan ze maar zo kort deel had uitgemaakt bestond niet meer, maar zij wilde niet weer opnieuw verzanden in het lege leven dat ze daarvoor had geleid. Het had haar moeite genoeg gekost om daar verandering in te brengen, dat liet ze niet verloren gaan door de halsstarrige houding van Emma, had ze zich voorgenomen. De periode die ze in de schoot van haar familie had doorgebracht, had haar in ieder geval geleerd hoe belangrijk liefde en vriendschap waren en dat ieder mens verantwoordelijk was voor zijn eigen doen en laten. Ze weigerde dan ook bij de pakken neer te gaan zitten. Nog niet zo lang geleden zou ze het bijltje erbij hebben neergegooid om Emma vervolgens de schuld te geven van haar mislukkingen, maar door het ongeluk had ze ingezien dat dit niet de juiste houding was. Zij moest het zelf maken, ongeacht reacties van anderen, daar was Bo zich nu heel goed van bewust. Dat ze niet meer welkom was bij haar oom en tante deed pijn en nam ze hun kwalijk, maar het had geen invloed meer op hoe zij haar leven inrichtte.

Voor Dianne lag dat heel anders. De gevolgen van het ongeluk sloopten haar en dat ze naast Annemie ook nog haar hele familie was kwijtgeraakt was iets wat ze niet kon verwerken. De straf die ze gekregen had, een half-jaar ontzegging van haar rijbevoegdheid en een boete van duizend euro, vond ze zelf veel te laag in vergelijking met wat ze aangericht had. Onbewust strafte ze zichzelf daarom door op geen enkele manier meer deel te nemen aan het gewone, dagelijkse leven. Ze ging als een zombie door de dagen heen en sprak behalve Vivienne en Steven niemand meer. Ze kwam de deur niet eens meer uit voor boodschappen, omdat Steven die dagelijks vanuit zijn werk meenam. Het koken van de avondmaaltijd nam hij ook voor zijn rekening, evenals het schoonhouden van hun huis en het regelen van de financiën. Dianne was lijfelijk nog wel aanwezig, maar geestelijk al lang niet meer. Er was totaal niets meer over van de jonge, vrolijke vrouw waar hij ooit verliefd op was geworden. Die verliefdheid was destijds uitgegroeid tot een stevig houden van, maar die gevoelens werden langzaam maar zeker de nek omgedraaid bij haar passieve houding van het afgelopen jaar.

Hij had net zo goed samen kunnen wonen met een lappenpop, dacht Steven wrang bij zichzelf terwijl hij naar Dianne keek. Zoals gewoonlijk zat ze in een lusteloze houding op de bank voor zich uit te staren, zonder iets te doen. De tv stond aan en hij had geprobeerd haar enthousiast te maken voor een film die uitgezonden werd, maar aan de manier waarop ze over het televisiescherm heen staarde kon hij zien dat ze niets van de getoonde beelden in zich opnam. Moedeloos verborg hij zijn gezicht in zijn handen. Er was bijna een jaar verstreken sinds het fatale ongeluk en al die tijd leefde hij al in een nachtmerrie. Dianne was niet meer te bereiken. Lachen had ze dat hele jaar al niet meer gedaan, gesprekken tussen hen verliepen steeds moeizamer en de laatste keer dat ze gevreeën hadden kon hij zich niet eens meer herinneren. Dat was in ieder geval voor het ongeluk geweest, dat wist hij nog wel. Dit was geen leven meer op deze manier. Hij wilde Dianne niet zomaar in de steek laten en had zijn best gedaan haar te steunen, maar het was onbegonnen werk. Dit hield hij niet lang meer vol.

Zomaar opeens, vanuit het niets, zei hij dat ook.

'Dianne, ik houd dit niet meer vol.' Zijn woorden bleven hangen in de kamer, waar alleen het geluid uit de tv nog weerklonk. Hij was er zelf verbaasd over dat hij dit hardop gezegd had, tegelijkertijd voelde het als een opluchting dat het hoge woord er eindelijk uit was. Het was gezegd. Nu kon hij niet meer terug, hij kon alleen nog vooruit. 'Ik kan niet langer leven op deze manier. Ik ga weg.'

'Waar ga je heen?' vroeg Dianne vlak. Ze leek niet eens geschokt, of zelfs maar verbaasd bij zijn mededeling.

'Waarschijnlijk kan ik wel bij Paul terecht,' zei Steven, doelend op een collega en tevens een vriend van hem. Paul wist van zijn situatie thuis af en had hem al vaker een plek in zijn huis aangeboden.

Dianne knikte alleen maar en draaide haar gezicht weer in de richting van de televisie.

'Het spijt me,' zei Steven wanhopig in een poging een gesprek op gang te brengen. Dit kon toch niet het einde van hun eens zo mooie relatie zijn? Een simpele mededeling en een knikje dat het goed was? 'Dit is niet wat ik wil, maar ik trek het niet meer. Ga alsjeblieft hulp zoeken, doe in ieder geval een poging om erbovenop te komen. Als je het niet voor jezelf doet, doe het dan voor mij.'

'Waarom? Jij gaat immers weg?'

'Niet als jij weer mijn eigen Dianne wordt, waar ik mee kan praten en kan lachen. Het gaat niet goed met je, dat kan een kind zien. Kijk nu eens naar jezelf. Je toont geen enkele emotie, terwijl ik aangeef dat ik een eind wil maken aan onze relatie.'

'Dat had ik wel verwacht,' zei Dianne tot zijn verbazing kalm. 'Het kon niet uitblijven. Welke man wil er nu een vrouw die de dood van haar vriendin op haar geweten heeft? Ik neem je niet kwalijk dat je weg wilt, Steven. Ik kan amper nog met mezelf leven, dus hoe kan ik dat van een ander verlangen?'

'Doe daar dan iets aan!' herhaalde hij gefrustreerd.

'Zoals wat?'

'Ga naar een psychiater, zoek een praatgroep of wat dan ook, maar blijf niet hangen. Je verdrinkt in je schuldgevoel.'

'Kan een psychiater Annemie weer tot leven wekken?'
vroeg Dianne cynisch.

'Je kunt niet meer veranderen wat er gebeurd is, je
kunt echter wel proberen daar op een normale manier
mee om te gaan.'

'Is daar een manier voor dan?' Dianne keek hem wanhopig aan. Het was voor het eerst sinds lange tijd dat hij
weer iets van een emotie bij haar waarnam. 'Hier is niet
mee om te gaan. De schuld die ik heb is nooit meer, op
welke manier dan ook, ongedaan te maken. Ik wilde dat
ik dood was gegaan die avond, in plaats van Annemie.
Het was mijn schuld.'

'Maar jij leeft nog. Je helpt er niemand mee om zo
door te blijven gaan. Ga dan in ieder geval op zoek naar
lotgenoten,' adviseerde Steven. 'Je zult heus de enige
niet zijn die een dodelijk ongeluk veroorzaakt heeft.
Praat erover.'

'Dat heeft geen zin.' Dianne schokte met haar schouders. De blik in haar ogen was alweer leeg en kil.

'Dan ga ik inderdaad weg.' Het was een laatste poging
van Steven om tot haar door te dringen, maar zijn ulti-
matum had niet het beoogde resultaat. Dianne sprong
niet overeind en klampte zich niet huilend aan hem vast,
terwijl ze hem smeekte om te blijven, zoals hij stiekem
toch een beetje had gehoopt. Dan zou de impasse in
ieder geval doorbroken zijn. Langzaam stond hij op, nog
steeds hopend op een reactie, maar Dianne was alweer
volledig in zichzelf gekeerd en leek niet eens te merken
dat hij de kamer verliet.

In de slaapkamer liet Steven zich op het bed zakken.
Het was voorbij, wist hij. Hoe erg hij het ook vond om
haar alleen te laten, hij kon niets meer voor haar doen.
Niemand kon iets voor Dianne doen zolang ze niet
geholpen wilde worden. Hij hield het in ieder geval geen

minuut meer uit in haar verstikkende gezelschap. Als ze anders gereageerd had en had laten merken dat ze het erg vond als hij wegging, was hij wellicht nog gebleven, maar haar totale desinteresse na zijn mededeling was de laatste druppel geweest. Plotseling haastig begon hij zijn spullen bij elkaar te zoeken. Nu de kogel eenmaal door de kerk was, wilde hij zo snel mogelijk weg. Een gevoel van vrijheid nam langzaam maar zeker bezit van zijn lichaam. Hij moest zich zelfs dwingen om afscheid van haar te nemen, want het liefst was hij zo de deur uit gewandeld, de vrijheid tegemoet. Hij zette zijn twee volle koffers in de gang en liep de huiskamer in. Dianne zat nog in precies dezelfde houding.

'Ik heb zo veel mogelijk ingepakt, de rest kom ik later wel halen,' zei Steven. Hij bleef staan wachten, maar er volgde nog steeds geen enkele reactie van haar kant. Onbeholpen maakte hij een gebaar met zijn handen. Hij voelde zich zowaar voor schut staan in zijn eigen huis-kamer. 'Dan ga ik maar.'

'Dag Steven,' zei Dianne koeltjes.

Talloze woorden kwamen in zijn hoofd op, maar hij uitte er niet één. Bruusk keerde hij zich om. Hij had het geprobeerd. Niemand kon hem verwijten dat hij zijn best niet had gedaan, er viel echter niet meer met Dianne te leven. De koek was op. Hij moest nu zo snel mogelijk weg voor hij dingen ging zeggen waar hij later spijt van zou krijgen. Ondanks alles wilde hij niet dat zijn laatste herinnering aan haar een felle ruzie zou zijn, dus slikte hij zijn woorden in en verdween zonder nog naar haar te kijken. Hij sleepte de zware koffers de drempel over en sloot de buitendeur met een klap achter zich. Diep adem-de hij de kille buitenlucht in. Met het sluiten van de deur was er een loodzware last van hem afgevallen.

Dianne bleef zitten waar ze zat, de enige beweging die

ze maakte was met een geïrriteerd gebaar via de afstandsbediening de televisie uitzetten. De stilte viel als een klamme deken over de kamer. Steven was dus weg. Ze voelde geen enkele emotie bij deze wetenschap, constateerde het slechts als een feit. Ze meende wat ze net tegen hem had gezegd, dat ze dit had verwacht. Al maanden zelfs. Er was niet met haar te leven, daar was ze zich heel goed van bewust. Het kostte haar al de grootste moeite om met zichzelf te leven. Ze nam niemand die haar in de steek gelaten had iets kwalijk wat dat betrof. Huilen deed ze niet. Nog steeds niet. Sinds die bewuste avond had ze nog geen traan gelaten. Ze wilde wel, maar het lukte haar niet. Haar lichaam functioneerde nog, maar haar geest was allang afgestorven. Net zo dood als Annemie.

Automatisch stond ze na een tijdje op om naar bed te gaan. De kasten in de slaapkamer stonden nog open en de lege planken grijnsden haar tegemoet. Steven was echt weg. Van nu af aan was ze alleen. Overgeleverd aan zichzelf en haar gedachten. Het drong niet echt tot haar door. Ze kleedde zich uit, poetste haar tanden omdat ze dat nu eenmaal zo gewend was en stapte in het te ruime, lege bed. Slapen lukte echter niet. Liggend op haar zij staarde Dianne naar de lege plek naast haar. Ze wist niet eens of ze verdrietig was vanwege Stevens vertrek. Afgestompt als ze was vroeg ze zich ook niet af of ze hem zou missen. Nu had ze dus helemaal niemand meer. De enige die zich nog om haar bekommerde was Vivienne. Met een gelatenheid die haar vroeger vreemd was geweest bedacht Dianne dat dit waarschijnlijk ook niet lang zou duren. Ook Vivienne zou zich ooit van haar afkeren, dat was waarschijnlijk nog slechts een kwestie van tijd. Een voor een verloor ze alle mensen die haar dierbaar waren geweest en die ook van haar hadden gehouden. Ooit, in een ver verleden. Voor ze die stomme fout maakte waarvan ze nooit had gedacht dat ze daartoe in staat was.

Ze knipperde met haar ogen, die branderig aanvoelden. Kon ze maar huilen.

12

'Mijn ouders zien ernaar uit om je te ontmoeten,' las Vivienne voor. Ze hield de brief van haar moeder omhoog naar Peter, die lui op de bank lag.

'Ze zijn natuurlijk dolblij dat er nu iemand voor je zorgt,' plaagde Peter haar.

'Vast. In mijn eentje maakte ik er een zooitje van,' knikte Vivienne. Zij was nooit op de kast te jagen door dergelijke plagerijen en bleef daar altijd laconiek onder.

'Hebben ze nog meer nieuws?' wilde Peter weten.

Vivienne's ogen vlogen over de regels. 'Niet echt. Ze hebben het nog steeds enorm naar hun zin in Amerika. Op dit moment is het rustig in mijn vaders werk, maar de planning is dat er binnenkort een filiaal bijkomt dat hij ook gaat leiden. Voorlopig komen ze dus nog niet terug. Mijn moeder sukkelt een beetje met haar gezondheid en haar arts heeft haar afgeraden te vliegen, anders waren ze overgekomen voor een korte vakantie. Nu heeft mijn vader daar even tijd voor, het komende jaar waarschijnlijk niet. Jammer.' Vivienne zuchtte en liet de brief zakken. 'Ik had ze graag weer eens willen zien, bovendien popel ik natuurlijk om jou voor te stellen aan hen. Een persoonlijke ontmoeting is toch iets heel anders dan een foto.'

'Dan gaan wij toch naar hen toe?' stelde Peter voor. Hij kwam overeind uit zijn luie houding en keek haar vragend aan. 'Als jij dat tenminste kunt regelen op je werk?'

'Zomaar even naar Amerika?' vroeg Vivienne spottend. 'Je praat erover alsof het een reisje naar Engeland betreft.'

'Of je nu twee weken vakantie opneemt om naar Engeland te gaan of dat je naar Amerika vliegt, zoveel maakt dat niet uit. Het is alleen wat langer reizen,' meende Peter onverstoorbaar. 'Ik kan momenteel wel vrij krijgen, denk ik. De scholen krijgen eind april vakantie, in die periodes gaan mijn collega's met kinderen voor, maar dat is nog net niet aan de orde. Als we begin april gaan zijn we ruim op tijd terug.'

'Dat is over twee weken al.'

'Fijn hè?' Hij lachte naar haar. 'Hoe lang heb je je ouders al niet gezien?'

'Ruim twee jaar.'

'Je mist ze vast heel erg.'

'Dat valt op zich eigenlijk nog wel mee,' antwoordde Vivienne peinzend. 'Ik had natuurlijk de mazzel dat de familie Verbrugge die lege plek opvulde. Ik had daar een tweede ouderlijk huis, dus ik viel niet in een gat. Verder heb ik natuurlijk via de computer heel veel contact met mijn ouders, al is dat wel anders dan elkaar in real live zien.'

'Van je tweede ouderlijk huis is ook niet veel overgebleven ondertussen,' constateerde Peter. 'Moeten we er niet weer eens heen? Het is al ruim een week geleden sinds je laatste bezoekje.'

'Ik ga morgen,' knikte Vivienne.

'Zal ik meegaan?'

'Jij gaat morgen met je collega's squashen,' hielp ze hem herinneren. 'Daarom heb ik juist afgesproken. Ik vind het heel lief dat je met me meewilt, maar dat hoeft echt niet iedere keer. Zo gezellig is het daar niet.'

'Dat is niet iets wat we ze kwalijk kunnen nemen. Het is niet niks wat ze meegemaakt hebben. Er zal nog wel heel wat tijd overheen gaan voordat die wond enigszins geheeld is en ze weer een beetje zichzelf worden.'

'Als dat al ooit gebeurt,' zuchtte ze. 'Ik ken ze niet meer terug, vooral Emma niet. Ze stelt zich zo hard op tegenwoordig. Dat Dianne daar niet meer welkom is, is nog wel begrijpelijk, maar dat ze Bo resoluut uit haar leven geweerd heeft vanwege één opmerking gaat wel heel erg ver. Emma is Emma niet meer. Ik zie er steeds meer tegenop om naar haar toe te gaan.'

'Als je wilt zeg ik die afspraak om te squashen wel af,' bood Peter aan, maar Vivienne schudde haar hoofd.

'Ik sla me er wel doorheen. Langer dan een uurtje blijf ik tegenwoordig toch niet meer.'

'Ze hebben echt geluk met jou,' zei Peter ineens serieus. 'De meeste mensen zouden allang afgehaakt zijn, maar jij blijft er toch maar trouw heen gaan, ondanks alles.'

'Ik kan ze niet zomaar in de steek laten nu het tegenzit. Die mensen hebben zoveel voor me gedaan vroeger, ik zou mezelf niet meer recht in de spiegel aan kunnen kijken als ik ze nu laat barsten. Voor jou valt het ook niet altijd mee. Samen met mij zijn er ineens een heleboel mensen met problemen in jouw leven opgedoken. Heb je er nog geen spijt van dat je mij die ene avond hebt uitgevraagd?'

'Nooit,' verzekerde hij haar. 'Ik neem Emma, Leo, Bianca en Dianne met liefde op de koop toe.'

'Over Dianne gesproken... Als wij op vakantie gaan zal ik zorgen dat haar kasten vol zitten met boodschappen, anders eet ze in die periode helemaal niet,' nam Vivienne zich voor. 'Nu Steven weg is ben ik de enige die nog boodschappen voor haar doet.'

'Je hebt het er maar druk mee.' Peter schudde zijn hoofd. 'Je loopt zoveel mensen achterna. Kan er ook nog een kop koffie voor mij af, denk je?'

Vivienne trok haar wenkbrauwen omhoog. 'Dat zou wel kunnen, maar beweerde jij daarnet niet dat jij voor mij zorgt?' Ze hield haar lege beker naar hem omhoog. 'Graag met een klein beetje melk en twee suikerklontjes.'

'Schooier,' lachte hij. Hij hees zich overeind en nam haar beker aan. Snel gaf hij haar een kus voordat hij zich naar de keuken begaf. Hij was hier inmiddels zo vaak geweest dat hij precies de weg wist in Vivienne's flat.

Vivienne keek hem met een glimlach na. Ze had het getroffen met Peter, daar was ze zich heel goed van bewust. Dat hij tijdens die moeilijke periode in haar leven gekomen was, beschouwde ze als een geschenk. Hij had zich nooit af laten schrikken door de last die ze meedroeg en hielp haar zo veel mogelijk. Ze hadden elkaar goed leren kennen de afgelopen tijd en ze kon zich een leven zonder hem niet meer voorstellen. Geen enkele keer had hij haar geprobeerd over te halen om een gepland bezoekje aan Emma en Leo af te bellen, evenmin had hij commentaar op de manier waarop ze Dianne probeerde te helpen. Hij steunde haar juist waar hij kon. Door al die bijkomende zorgen was hun relatie in een stroomversnelling geraakt. Ze wist al snel precies wat ze aan hem had en dat had haar liefde voor hem alleen maar aangewakkerd.

'We gaan dus samen op vakantie,' hervatte ze even later het gesprek. 'Zullen we meteen kijken wat de opties zijn?' Ze startte haar computer op en ze verdiepten zich samen in de mogelijkheden die er waren om op korte termijn naar Amerika te gaan. Zo heel veel plaats was er niet eens meer, ontdekten ze.

'Ondanks de negatieve berichten in het nieuws, hebben mensen blijkbaar nog steeds geld genoeg om te vliegen,' constateerde Peter.

Uiteindelijk vonden ze toch een geschikte vlucht en hij nam er direct een optie op. Beiden verwachtten ze geen tegenwerking van hun respectievelijke werkgevers om in die periode vakantie op te nemen.

'Nog maar iets meer dan anderhalve week,' zei Vivienne dromerig. 'Heerlijk. Ik heb er enorm veel zin in. Dat is trouwens twee dagen voor Annemie's sterfdatum,' ontdekte ze toen.

'Vind je dat vervelend? Wil je niet liever hier bij de familie zijn tijdens die dag?' wilde Peter weten.

Vivienne schudde haar hoofd. 'Juist niet. Het blijft toch een beladen dag en ik vind het fijn dat ik die in een heel andere omgeving door kan brengen. Er is trouwens wel ontzettend veel voorgevallen in dat ene jaar, zowel negatief als positief. Mijn leven is veranderd. Een jaar geleden gingen we met z'n vijven een weekend weg en besloten we voortaan als quintet door het leven te gaan. We konden ons niet voorstellen dat er ooit een einde aan die vriendschap zou komen, terwijl nu... Annemie is er niet meer, Dianne is nog slechts een schim van zichzelf, Bianca interesseert zich nergens meer voor en met Bo heb ik helemaal geen contact meer sinds ze niet meer bij Emma thuiskomt. In een heel kort tijdsbestek was er niets meer van ons quintet over. Het kan raar lopen.'

'Het leven is wat je gebeurt, terwijl je andere plannen maakt. Die uitdrukking heb ik eens gelezen en die past hier uitstekend bij,' knikte Peter. 'Je hebt nooit in de hand wat je overkomt.'

'Des te meer redenen om van het heden te genieten,' zei Vivienne alweer met een glimlach terwijl ze hem naar zich toe trok en hem vol overgave begon te zoenen. Voor ze haar ogen sloot zag ze nog net het grote portret van een lachende Annemie aan de muur. Even leek het zelfs of ze haar een knipoogje gaf, wat haar in haar mening sterkte dat ze op de goede weg was. Het verdriet en het gemis waren nog niet helemaal verwerkt, maar dat belette Vivienne niet om te genieten van wat ze wel had.

Wat jammer dat Annemie's familie daar niet toe in staat was, peinsde ze de volgende avond toen ze op weg was naar het huis van Emma en Leo. Nog niet, in ieder geval. Ze hoopte van harte dat dit wel ooit zou gebeuren. Ze hield van deze mensen en gunde hun het allerbeste.

Bianca verliet net het huis op het moment dat Vivienne arriveerde.

'Ga je weg? Wat jammer. Het is al zo'n tijd geleden dat we elkaar echt gesproken hebben,' zei Vivienne. Ze wierp een onderzoekende blik op haar vriendin. Bianca zag er slecht uit, oordeelde ze. Onder de laag make-up die ze op haar gezicht had aangebracht, was haar huid vaal. De vroeger van levenslust sprankelende ogen stonden dof.

'Ik ga de stad in, wat drinken met een paar vrienden,' zei Bianca luchtig.

'Dat moeten wij ook weer eens doen.'

'Is goed. We spreken wel een keertje af. Dag.' Snel maakte Bianca zich uit de voeten. Ze had er helemaal geen behoefte aan om een avond met Vivienne door te brengen. Daar had ze tegenwoordig hele andere mensen voor. Vivienne was altijd zo degelijk en saai. Zij zou het ongetwijfeld afkeuren als ze wist wat Bianca allemaal uitspookte op dergelijke avonden. Nog niet zo lang geleden was zijzelf trouwens ook zo behoudend geweest, herinnerde Bianca zich met pijn in haar hart. Brave Bianca, die alles keurig volgens de regels deed. Het kon verkeren! Haar mondhoeken trokken bitter naar beneden. Het interesseerde blijkbaar niemand hoe ze tegenwoordig leefde. Haar moeder had nog nooit gevraagd wat ze deed op de avonden dat ze niet thuis was. Maar ach, wat kon haar dat schelen? Zij had in ieder geval lol op deze manier, al was ze meestal te dronken om zich achteraf precies te kunnen herinneren wat er op zo'n avond allemaal gebeurd was.

Vivienne liep peinzend naar binnen. Bianca was Bianca niet meer. Ze ontweek haar de laatste tijd en van hun hechte vriendschapsband was weinig meer over. Bianca had haar wel verteld dat ze niet veel meer thuis was, maar Vivienne had verwacht, in ieder geval gehoopt, dat Bianca er deze avond wel zou zijn. Tenslotte had ze haar bezoek aangekondigd.

Emma was in ieder geval blij dat ze er was. Ze begroette haar hartelijk met drie zoenen op haar wangen.

'Fijn dat je er bent, kind. Annemie zou het waarderen dat jij zo trouw blijft komen, waar anderen allang hun gezicht niet meer laten zien.' Haar ogen gleden naar het schilderij van haar jongste dochter en Vivienne zuchtte inwendig. De toon van de avond was alweer gezet, ze zou weer verplicht haar hele bezoek over Annemie moeten praten.

'Ik ga met Peter naar Amerika om hem voor te stellen aan mijn ouders,' vertelde ze in een poging het gesprek een andere richting op te dwingen. 'We hebben gisteravond een reis geboekt. Gelukkig hadden Fernando en Angelica geen bezwaar, want het is nogal op korte termijn. Over anderhalve week vertrekken we al. Spannend hè? Ik ben benieuwd wat mijn ouders van Peter vinden.'

Emma had nog steeds haar ogen op het schilderij van Annemie gericht. 'Fijn, kind,' zei ze afwezig.

Het was Leo die belangstellend informeerde hoe lang ze gingen en met welke maatschappij ze wilden vliegen. Blij met deze afleiding gaf Vivienne hem overal uitgebreid antwoord op. Ze weidde zo lang mogelijk uit, toch kroop de tijd om, zoals tegenwoordig steeds als ze hier was. Ze bleef meestal maar hooguit een uur, maar het voelde aan als een hele avond. Tersluiks wierp ze een blik op haar horloge. Er waren nog geen tien minuten om en het hele verhaal van hun aanstaande vakantie was al uitgediept. Hoewel ze weinig respons kreeg begon ze nu te vertellen over haar werk. Vlak na hun terugkomst uit Amerika zou ze beginnen aan haar cursus en daar had ze ontzettend veel zin in. Haar werk had veel meer diepgang gekregen nu ze zich ook met de productie bezighield. Fernando haalde haar in rustige uurtjes al naar het atelier om haar precies uit te leggen hoe het vervaardigen van een sieraad in zijn werk ging. Angelica nam dan haar taak in de winkel over. Fernando had het er zelfs al over gehad dat het wellicht handig was om nog iemand aan te nemen, zodat zij zich meer kon richten op het ontwerpen en straks op het smeden.

'Over twee weken is het de sterfdag van Annemie,' onderbrak Emma haar plotseling midden in dit verhaal. 'Dan is het alweer een jaar geleden. Onvoorstelbaar hè? Ik heb nog steeds het idee dat ze ieder moment de kamer in kan komen.'

'Ja, de tijd gaat snel,' mompelde Vivienne van haar stuk gebracht. Emma had blijkbaar totaal niet gehoord wat ze allemaal gezegd had.

'Ik wil iets doen die dag,' vervolgde Emma. 'Deze datum blijft voor altijd in je geheugen gegrift staan, daar moeten we iets mee. Een eerbetoon aan Annemie.'

'Je bedoelt net zoiets als met haar verjaardag?' vroeg Vivienne voorzichtig.

Emma knikte. 'Ja. Een dag die in het teken van Annemie staat. Dat zijn we aan haar verplicht, vind ik. Als je zo'n dag gewoon voorbij laat gaan is het net of ze

140

niet meer belangrijk voor ons is. Net of we haar niet missen.' Die laatste woorden eindigden in een snik en Vivienne voelde haar lichte wrevel overgaan in medelijden. Ze werd af en toe doodmoe van Emma, maar deze vrouw had het dan ook ontzettend zwaar. Haar hele wereld was ingestort op het moment dat ze dat noodlottige bericht kreeg. Zij, Vivienne, zou nooit helemaal kunnen bevatten hoe Emma zich moest voelen.

'Als je daar de behoefte toe voelt, moet je dat zeker doen,' zei ze dan ook hartelijk.

Emma keek verrast op. 'Jij bent de eerste die positief op dit idee reageert,' merkte ze op. 'Arnoud noemde het overdreven en Bianca nam het slechts voor kennisgeving aan. Fijn, Viev. Uiteraard verwacht ik jou die avond ook, maar het is natuurlijk onnodig om dat te zeggen. Je hoort er gewoon bij.'

'Maar dan ben ik er helemaal niet. Wij gaan naar Amerika,' hielp Vivienne haar herinneren.

'Dan toch nog niet? Het is over twee weken al.'

'We gaan over anderhalve week weg. Dat heb ik je net verteld, Emma.'

Emma's ogen verhardden zich. Bijna beschuldigend keek ze Vivienne aan. 'Dat vind ik erg harteloos van je, Vivienne. Die vakantie moet je dan maar een aantal dagen verzetten, want dit gaat natuurlijk voor. Ik ga ervan uit dat je er gewoon bij bent.'

'Het spijt me, maar dat zal niet gaan,' zei Vivienne. Al haar stekels gingen overeind staan bij de toon waarop Emma tegen haar sprak. Als het een verzoek was geweest had ze het misschien nog wel ingewilligd, zij het met tegenzin, maar dit was een rechtstreeks bevel en ze was absoluut niet van plan om daar aan toe te geven. 'De reis is al geboekt, bovendien rekenen mijn ouders op ons. Ik kan en wil dat niet zomaar veranderen.'

'Ook niet voor Annemie?'

Vivienne beet op haar lip. Emma ging het haar lastig maken, voelde ze.

'Als ik het zou doen, zou het voor jou zijn en niet voor Annemie,' zei ze zacht. 'Zij is er namelijk niet meer... Annemie zou overigens de eerste zijn om te zeggen dat ik gewoon moet gaan.'

'Dat is wel een hele makkelijke manier om je gedrag te rechtvaardigen,' zei Emma met een stijf dichtgeknepen mond.

'Ik hoef niets te rechtvaardigen, want ik doe niets verkeerds.' Vivienne probeerde uit alle macht om rustig te blijven, maar ze had de neiging om te gaan gillen. Niemand leek door de starre houding van Emma heen te kunnen breken. Leo had zich alweer helemaal in zichzelf teruggetrokken, alsof hij er niet bij zat. De smekende blik die Vivienne op hem wierp had totaal geen effect. Hij deed net of hij het niet zag.

'Ik ga je één ding zeggen, Vivienne. Als jij er die avond niet bij bent, hoef je hier nooit meer te komen,' zei Emma hoog. 'Dan weet ik namelijk precies wat ik aan je heb. Al je mooie praatjes en je zogenaamde medeleven zijn dan nog maar heel weinig waard.'

Vivienne sloot even haar ogen. Dit had ze kunnen verwachten, dacht ze bitter bij zichzelf. Zo deed Emma dat tegenwoordig bij iedereen die iets zei of deed wat haar niet beviel. Hoe vreselijk ze dat ook vond, ze was toch niet van plan om voor dergelijke dreigementen door de knieën te gaan.

'Daar meen je niets van,' zei ze langzaam en weloverwogen. 'Je kunt niet iedereen van je afstoten die het niet met je eens is, Emma. Voor jullie is de dood van Annemie het zwaarste, dat zal niemand ontkennen, maar je moet er begrip voor hebben dat andere mensen ook nog een eigen leven hebben. Voor ons draait niet alles om Annemie.'

'Nee, dat heb ik gemerkt,' beet Emma haar onverwacht venijnig toe. 'Met je nieuwe baan, je cursus en je vriendje. Van verdriet heb ik bij jou nog weinig gemerkt.'

Vivienne hield van schrik haar adem in. Deze opmerking kwam hard aan. Ze had ontelbare nachten liggen huilen omdat ze Annemie zo miste, maar ze was niet van plan om dat nu als verdediging tegenover Emma te gebruiken. Zo waardig mogelijk stond ze op.

'Ik zal net doen alsof je dat niet hebt gezegd. Op Annemie's sterfdag ben ik er dus niet. Ik hoop dat ik daarna gewoon mag blijven komen, maar zo niet, dan is dat jouw keus.'

'Als je nu gaat hoef je nooit meer terug te komen,' zei Emma dramatisch.

Vivienne schudde haar hoofd en pakte haar tas. 'Zo werkt dat niet, Emma. Ik ben en blijf altijd bereid om met je te praten, maar niet op deze manier. Chanteren laat ik me zeker niet, onthoud dat. Ik denk dat het hoog tijd wordt dat jij professionele hulp gaat zoeken, want op deze manier blijft er niemand meer over.'

Emma's gezicht trok wit weg van woede. 'Ik ben niet gek, ik heb verdriet!' schreeuwde ze. 'Verdriet om mijn kind, iets wat jij blijkbaar niet kunt begrijpen. Hoe durf je zoiets te zeggen?'

'Ik probeer je alleen te helpen.'

'Dergelijke hulp heb ik niet nodig. Rot op! Jij bent al net als al die anderen. In je gezicht doen ze lief en aardig, maar als puntje bij paaltje komt laten ze je barsten! Ga alsjeblieft weg.'

'Zoals je wilt.' Inwendig trillend op haar benen, maar uiterlijk kalm liep Vivienne in de richting van de deur. 'Vergeet niet dat jullie bij mij wel welkom blijven. Je mag me altijd bellen als je daar behoefte aan hebt. Dag Leo.' Dat laatste voegde ze er nadrukkelijk aan toe.

Leo zei nog steeds niets, hij hief alleen zijn hand naar haar op in een machteloos, bijna berustend gebaar. Zijn ogen stonden intens verdrietig.

Even later stond Vivienne weer op straat. Kwart voor negen was het pas, zag ze. Dit bezoekje was nog korter geweest dan normaal. Voor ze de straat uit fietste keek ze nog één keer om naar het huis waar ze vanaf haar prilste jeugd zoveel uren in had doorgebracht. Emma stond voor het raam. In een automatisch gebaar zwaaide Vivienne naar haar, maar Emma negeerde dat. Demonstratief draaide ze zich om.

Met een leeg gevoel fietste Vivienne naar haar eigen huis. De rest van de avond lag nog voor haar en ze had geen idee wat ze daar mee moest doen. Peter was er niet, Bianca was op stap met blijkbaar nieuwe vrienden, met Bo had ze geen contact meer en behoefte aan een gesprek met Dianne had ze op dat moment niet. Met haar wilde ze niet over Emma praten, en net doen of er niets aan de hand was kon ze nu niet. Een jaar geleden was het ondenkbaar geweest dat er niemand zou zijn om haar hart bij te luchten. Maar een jaar geleden zou ze nooit ruzie met Emma gekregen hebben. Het zag ernaar uit dat ze haar tweede familie in zijn geheel aan het kwijtraken was. De plotselinge dood van Annemie had meer gevolgen dan iemand ooit voor mogelijk had gehouden.

13

Het was de sterfdag van Annemie. Terwijl Vivienne deze datum herdacht tijdens haar vakantie in Amerika, en in Nederland Emma, Leo, Bianca, Arnoud en Melanie elkaar opgezocht hadden, was Dianne in haar eentje thuis. Ze voelde zich eenzaam, voor de rest leek ze helemaal geen emoties meer te hebben. Haar hart was leeg en haar lichaam functioneerde nog slechts uit automatisme. Na alles wat ze dit jaar was kwijtgeraakt, was ze op de bodem van de put beland. Niets interesseerde haar meer. De schuld die ze meetorste was te zwaar, daar konden geen andere gevoelens meer bij.

Halverwege die ochtend stapte ze haar bed uit omdat ze hoognodig naar het toilet moest, daarna dwaalde ze rusteloos door haar huis heen. Het huis dat ze met zoveel liefde en zorg had opgeknapt en ingericht, maar waar ze nu geen enkele binding meer mee had. Uit gewoonte, zonder er bij stil te staan, nam ze een douche en zocht ze kleren bij elkaar voor die dag. Dergelijke handelingen zaten zo vast verankerd dat ze dat nog steeds iedere dag deed, al wist ze zelf eigenlijk niet eens waarom. Ze kwam toch de deur niet meer uit, niemand zag haar. In de kleine badkamer lag de was hoog opgestapeld op de vloer en in haar la was geen schoon ondergoed meer te bekennen. Zoekend door haar kasten of er ergens anders nog iets lag, stuitte Dianne op de slaappillen en kalmeringsmiddelen die haar huisarts haar een jaar geleden voorgeschreven had. Ze had ze nooit gebruikt. Steven had er een aantal keren op aangedrongen dat ze die medicijnen zou slikken, maar Dianne had dat geweigerd. Ze hoefde niet rustig te slapen terwijl de familie van Annemie wakker lag van verdriet, daar had ze geen enkel recht op, vond ze zelf. Lang staarde ze onbeweeglijk naar de diverse potjes en doosjes voor ze aarzelend haar hand uitstak en ze pakte. Ze liep ermee naar de huiskamer en als verdoofd schudde ze boven de tafel een potje leeg, daarna drukte ze de andere pillen uit hun strip, zodat er uiteindelijk een flinke lading voor haar lag. Over een paar minuten kon alles voorbij zijn. Nog slechts één handeling scheidde haar van rust, een aanlokkelijk beeld. Dan zou ze van haar last verlost zijn en nooit meer iets hoeven voelen.

Met een leeg hoofd liep Dianne naar de keuken om een glas water te pakken. Ze was zich amper bewust van wat ze deed. Ze wist alleen dat het bijna voorbij was. Eindelijk. Nog heel even, dan kon ze haar hoofd en haar uitgeputte lichaam neerleggen en de vergetelheid in glijden. Ze verlangde naar het moment dat ze niets meer zou weten, zich niets meer zou kunnen herinneren.

Halverwege haar gang naar de keuken weerklonk luid de bel door het huis. Dianne schrok op. Haar hart bonkte in haar keel en het zweet brak haar uit. Dit kon niet. Vivienne zat in Amerika, voor de rest kwam er nooit iemand bij haar. Ze bleef stokstijf staan in de hoop dat de onbekende op haar stoep weer weg zou gaan. In plaats daarvan klonk nogmaals het schelle geluid van de bel. Door het raampje zag Dianne een man staan en ze besefte dat hij haar ook gezien had. Beverig liep ze in de richting van de deur. Net doen of ze niet thuis was, was geen optie meer.

'Goedemorgen,' begroette de man haar. 'Ik ben van het bouwbedrijf, we hebben een afspraak.'

Verwezen keek Dianne hem aan. 'Een afspraak?' herhaalde ze dociel.

'Mijn bedrijf heeft u vorige week een brief gestuurd waarin mijn komst werd aangekondigd. Ik kom uw huis inspecteren op eventuele scheuren en gebreken voordat we aan de overkant met heien beginnen,' legde hij uit. 'Dat doen we bij iedereen in deze wijk. Als u schade mocht krijgen als gevolg van het heien, kan achteraf vastgesteld worden of die schade niet al eerder aanwezig was.'

Vaag herinnerde Dianne zich dat daar inderdaad een brief over gekomen was. Ze had die als zijnde onbelangrijk opzijgelegd en was het direct weer vergeten. Heel even sloot ze haar ogen. Hoe was het mogelijk dat die man precies op dat moment voor haar deur stond.

'Eh, het komt nu niet zo goed uit,' hakkelde ze onbeholpen.

'Ik ben zo klaar, het duurt maar even.' Hij maakte een gebaar alsof hij zonder meer naar binnen wilde stappen, toen scheen hij zich te bedenken. Onderzoekend keek hij haar aan.

'Dianne?' vroeg hij toen. 'Dianne van Soest? Ja, je bent het echt. Wat leuk! Ken je me niet meer?'

Dianne schudde haar hoofd. Dit overviel haar. Het enige wat ze wilde, was terug naar binnen gaan en verdergaan waar ze mee bezig was. Ze durfde niet goed na te denken wat dat was, ze wilde alleen dat deze man wegging.

'Julian Verdonk,' zei hij echter. Hij leunde tegen de deurpost aan, klaar voor een gezellig praatje. 'We hebben bij elkaar op school gezeten, op de havo.'

Ze knikte stug. 'Leuk, maar ik heb nu echt geen tijd.'

'Jij was altijd samen met twee andere meisjes,' vervolgde Julian alsof ze niets gezegd had. Hij wreef nadenkend over zijn kin. 'Hoe heetten die ook alweer?

Bianca en Vivienne, ja, dat was het. Och, wat toevallig. Ik heb jaren in het buitenland gezeten. Dit is mijn eerste baan sinds ik terug ben en meteen loop ik een oude bekende tegen het lijf. Hoe gaat het tegenwoordig met het beruchte driemanschap?' Hij keek haar lachend aan.

Er brak iets in Dianne bij deze onbevangen vraag. Haar knieën knikten en ze moest zich vastgrijpen om niet om te vallen. Een zacht gekreun ontsnapte aan haar lippen.

'Wat is er?' Julian schoot direct toe om haar vast te pakken. 'Sorry, ik sta hier maar door te kletsen, maar ik vind het ook zo leuk om je weer te zien. Laat me je naar binnen helpen. Ben je ziek?' Terwijl hij praatte leidde hij haar terug de gang in. De buitendeur viel achter hen in het slot.

Dianne schudde haar hoofd. Een kwartier geleden had ze niets meer gevoeld en stond ze op het punt alles voorgoed te vergeten, nu stond het haar echter weer levensgroot voor ogen.

'Annemie is dood!' stiet ze uit.

'Annemie?' herhaalde Julian niet-begrijpend. Hij fronste zijn wenkbrauwen. Dit werd steeds vreemder. Hij had hier aangebeld met de bedoeling een snelle inspectie te doen, in plaats daarvan stond hij met een oude schoolvriendin in zijn armen die er bijzonder slecht uitzag en waarvan hij bang was dat ze wartaal uitsloeg.

'De zus van Bianca,' vertelde Dianne toonloos. Weer zag ze de beelden van een hevig bloedende Annemie voor zich, zoals ze naast haar in de gehavende auto had gezeten. Een beeld dat ze haar hele leven nooit meer zou vergeten. 'Door mijn schuld. Ik heb haar vermoord. Ze zat bij mij in de wagen terwijl ik nooit had mogen gaan rijden met die vijf glazen wijn die ik ophad. Ik was dronken, toch stapte ik achter het stuur. Tien minuten later was ze dood.'

'Joh, wat vreselijk voor je.' Oprecht ontsteld sloeg Julian zijn armen nog wat steviger om Dianne heen. 'Ach lieve schat, wat moet jij je beroerd voelen.'

Dianne kon haar oren bijna niet geloven. Ze had dit verhaal eruit gegooid in de verwachting dat hij haar vol afschuw van zich af zou duwen en haar met afgrijzen zou bekijken. Tenslotte was zij het monster dat een mensenleven op haar geweten had. Door haar onverantwoordelijke gedrag was een jonge vrouw uit het leven gerukt. Ze verdiende het om met minachting behandeld te worden. Julian deed echter niets van dat alles. Hij streelde door haar haren en fluisterde troostende woorden in haar oor. Voor het eerst sinds die noodlottige dag werd ze echt getroost door iemand, besefte Dianne met een schok. Vivienne had haar nooit een verwijt gemaakt en ook Steven had geprobeerd haar te steunen, maar getroost hadden ze haar nooit. Hun medeleven was vooral naar de familie Verbrugge uitgegaan, niet naar haar. En nu was daar ineens iemand uit een, naar het scheen, ver verleden die dit vooral erg vond voor haar en die haar bemoedigend toesprak. Dit besef deed de tranen in haar ogen springen. Een jaar lang had ze niet kunnen huilen om het drama dat zich afgespeeld had, maar nu kwamen ze als vanzelf. Vrijelijk liepen ze over haar wangen.

'Iedereen haat me,' snikte ze. Nu ze eenmaal begonnen was met praten en huilen, was er geen stoppen meer aan. 'Niemand wil meer iets met me te maken hebben.'

'Dat kan ik me niet voorstellen,' zei Julian.

'Het is waar. Jij zult me ook haten als het eenmaal goed tot je doorgedrongen is.' Dianne maakte zich van hem los en deed een stap naar achteren. 'Ik heb haar vermoord, Julian.'

'Je hebt een stomme fout gemaakt die een heleboel

mensen regelmatig maken. Jij had alleen de pech dat het fataal afliep.'

'Dat klinkt wel heel simpel, net alsof ik er zelf niets aan kon doen, maar dat het bepaald was door het lot.'

'Dat zei ik niet,' zei Julian ernstig. 'We hoeven er geen doekjes om te winden dat jouw gedrag niet goed te praten is, maar daar ben je dan ook wel ontzettend hard voor gestraft. Voor jou is dit minstens zo erg als voor de familie van Annemie.'

'Zo denken zij er niet over en dat kan ik ze niet kwalijk nemen.'

'Je ging toch altijd heel goed met ze om?' meende Julian zich te herinneren.

'Ik beschouwde Emma en Leo als mijn tweede ouders, zeker nadat mijn eigen ouders overleden waren. Bianca en Vivienne waren meer zussen dan vriendinnen voor me en Annemie daardoor automatisch ook. Zeker met het ouder worden, want het verschil in leeftijd viel steeds meer weg. De dag voor dit ongeluk vierden Emma en Leo hun dertigjarige bruiloft, toen hebben we met z'n allen een fantastische avond gehad. Ik kwam daar nooit op visite, ik was er thuis,' vertelde Dianne.

'En dat is nu allemaal weggevallen?'

'Alleen Vivienne is nog overgebleven. Bianca en haar ouders heb ik sinds die dag niet meer gezien of gesproken. Ik ben uit hun leven gebannen alsof ik er nooit in gehoord heb. Mijn vriend heeft enkele maanden geleden dit huis verlaten, hij kon het ook niet meer aan.'

'Geen wonder dat je er zo beroerd uitziet,' merkte Julian meer eerlijk dan beleefd op. 'Een mens zou van minder doordraaien. Wanneer is dat ongeluk gebeurd?'

Dianne beet op haar lip, weer stroomden de tranen over haar wangen. Ze kon ze op geen enkele manier tegenhouden.

'Vandaag precies een jaar geleden,' antwoordde ze schor.

'Een jaar waarin jij steeds verder bent afgegleden,' constateerde Julian hoofdschuddend. 'Wat een verhaal. Ik heb de afgelopen jaren nog vaak aan je gedacht en me afgevraagd hoe het met je zou gaan, maar iets als dit had ik in mijn stoutste dromen niet kunnen verzinnen.'

'Aan mij gedacht?' vroeg Dianne onzeker. 'Hoezo?'

Hij lachte kort. 'Dat is toch niet zo moeilijk te raden? Jij was het leukste meisje van de school. Alle jongens waren stiekem verliefd op je.'

'Als ze me nu zien, is dat vanzelf over,' meende Dianne somber.

'Daar denkt niet iedereen zo over,' zei Julian kort. 'Zou je me eigenlijk niet eens een kop koffie aanbieden?' vervolgde hij toen plagend in een poging het loodzware gesprek iets luchtiger te maken. 'We mogen best iets drinken op ons weerzien.'

Verwezen keek Dianne om zich heen. Ze realiseerde zich nu pas dat ze nog steeds in de kille gang stonden. Er waren nog geen twintig minuten verstreken sinds Julian aangebeld had, het voelde echter aan alsof het uren geleden was. Ze was alle tijdsbesef verloren nu ze eindelijk openlijk had kunnen praten en had kunnen huilen. De tranen hadden haar emoties weer naar boven gehaald. Ze huiverde in de dunne ochtendjas die ze nog steeds droeg. Haar hoofd bonsde en haar keel voelde vreemd droog aan. Het was lang geleden dat ze zoveel achter elkaar gepraat had. Het was sowieso lang geleden dat er iemand bij haar was tegen wie ze kon praten, afgezien van Vivienne.

'Ik weet niet of ik koffie heb,' zei ze verward. Ze liep naar de keuken en Julian volgde haar als vanzelfsprekend. In een keukenkastje ontdekte Dianne een pot oploskoffie die Vivienne daar had neergezet. Ze moest even nadenken voor ze besefte dat ze een paar lepels van het poeder in een beker moest doen en daar kokend water op moest gieten. Dergelijke simpele handelingen voerde ze al heel lang niet meer uit, ze moest echt al haar aandacht houden bij wat ze aan het doen was.

'Moet jij niet verder met je werk?' vroeg ze nadat ze voorzichtig kokend water in twee bekers had geschonken.

'Soms zijn er andere zaken belangrijker dan werk.' Julian pakte de bekers op en bracht ze naar de huiskamer. Hij wilde ze op de tafel neerzetten, maar schrok toen hij zag wat zich daarop bevond. Bijna liet hij de koffie uit zijn handen vallen. Met een ontstelde uitdrukking op zijn gezicht draaide hij zich om naar Dianne, die zijn blik gevolgd had. Als gebiologeerd staarde ze naar de medicijnen. Met een schok drong de werkelijkheid weer tot haar door. Als Julian niet gekomen was...

'Ik geloof dat ik precies op het juiste moment arriveerde,' zei Julian langzaam. Hij zette de bekers neer en leidde haar naar de bank. Met zachte druk op haar schouders dwong hij haar te gaan zitten. Zijn gezicht stond ernstig. 'Jij gaat me nu alles vertellen, zonder ook maar iets over te slaan.'

Voor Emma was dit een loodzware dag. Van minuut tot minuut herinnerde ze zich pijnlijk precies wat er vandaag een jaar geleden allemaal gebeurd was. De appeltaart die ze speciaal voor Dianne had gebakken, de manier waarop Dianne en Annemie haar geplaagd hadden met haar blijdschap om het album dat ze de dag daarvoor gekregen had, de warme, gezellige sfeer van die avond, alles stond haar weer helder voor de geest. Ze kon die avond van minuut tot minuut uittekenen. Nadat

Dianne en Annemie weggegaan waren had ze met Leo nog iets gedronken en wederom het album tevoorschijn gehaald. Ze kon geen genoeg krijgen van de foto's en de verhalen die haar kinderen erbij geschreven hadden. Dertig jaar huwelijk in woord en beeld, met foto's van iedereen die haar dierbaar was. Tegen twaalven waren ze naar bed gegaan. Ze wist nog goed hoe tevreden ze zich toen voelde en hoe blij ze was met haar gezin. Niets had haar voorbereid op de afschuwelijke gebeurtenissen vlak daarna.

Ze waren wakker geschrokken van de bel. Leo had gemopperd omdat hij niet zo snel zijn ochtendjas kon vinden, herinnerde Emma zich. Uiteindelijk had hij snel een broek aangeschoten voordat hij naar beneden holde om open te doen. Angst was hun naar de keel geslagen bij het zien van de twee politieagenten die op de stoep stonden. Voordat er ook maar één woord gezegd werd, wisten ze al dat het gruwelijk mis was. Daarna was er de tocht naar het ziekenhuis, die eindeloos leek te duren. Tegen beter weten in had ze al die tijd gehoopt dat de agenten het mis hadden gehad, dat er een vreselijke vergissing was gemaakt. Bij het ziekenhuis zou een springlevende Annemie naar hen toe komen rennen, had ze zichzelf voorgehouden. Wat die agenten hadden verteld, kon niet waar zijn. Dat soort dingen gebeurden alleen bij anderen, niet bij hen. Niets was minder waar gebleken. In het ziekenhuis wachtte hun slechts het stille, levenloze lichaam van hun dochter.

Emma schudde haar hoofd om deze beelden van zich af te zetten, maar ze bleven haar de hele dag achtervolgen. Niet te geloven dat ze haar Annemie al een jaar niet had gezien, haar vrolijke stem niet door het huis had horen galmen. Als ze haar ogen sloot, was het net of Annemie nog gewoon bij haar was.

Ze was blij toen Bianca en Leo uit hun werk kwamen en kort daarna Arnoud en Melanie aanbelden. Dat bood tenminste enige afleiding, al was Annemie dan de directe aanleiding voor hun komst. De kleine Stella, inmiddels een halfjaar oud, lag onbekommerd te slapen in het autostoeltje dat Arnoud naar binnen sjouwde. Emma wierp slechts een vluchtige blik op haar kleindochter. Waar de baby voor anderen een troost was, was Stella voor Emma slechts het bewijs dat het leven verderging en dat was nu juist wat ze niet wilde. Zij wilde de tijd stopzetten. Verder leven, genieten van de kleine geneugten van het leven, blij zijn of lachen waren allemaal tekenen van verraad. Als ze daar in mee zou gaan zou het net lijken of ze geen verdriet meer had, of ze Annemie aan het vergeten was. Niets was minder waar. Met elke vezel van haar lichaam bleef ze aan het verleden hangen, bang om zich ook maar iets niet van Annemie te kunnen herinneren.

'Vreemd, met zo'n klein groepje,' zei Arnoud peinzend. 'Het is volgens mij nog nooit gebeurd dat we met alleen ons gezin bij elkaar waren als er iets belangrijks was. Er zijn normaal gesproken altijd anderen bij.'

'Die anderen vinden dit blijkbaar niet zo belangrijk als wij,' zei Emma afwijzend. 'Onder dit soort omstandigheden leer je je vrienden kennen. Bo en Vivienne zijn hier altijd kind aan huis geweest toen er geen vuiltje aan de lucht was, nu zie je ze niet.'

'Dat is niet eerlijk,' schoot Bianca in de verdediging. 'Je hebt Bo zelf uit huis gezet en gezegd dat ze niet meer welkom is. En Vivienne zit in Amerika, je kunt het haar toch onmogelijk kwalijk nemen dat ze niet even terugkomt voor deze avond.'

'Ze had die vakantie kunnen verzetten,' meende Emma stijf.

Arnoud beduidde Bianca dat ze beter haar mond kon houden en met tegenzin slikte ze haar weerwoord in. Er was maar heel weinig voor nodig om een ruzie te ontketenen, wisten ze inmiddels allemaal. Daar zat niemand op te wachten, zeker niet op een avond als deze. Het feit dat ze voortdurend op haar tenen moest lopen en steeds na moest denken voor ze iets zei, begon Bianca echter behoorlijk op te breken. Dat ging dwars tegen haar natuur in. Bovendien had ze altijd alles met haar moeder kunnen bespreken, ook zaken waarin ze beiden een andere mening hadden. Emma was altijd meer dan bereid om naar de argumenten van anderen te luisteren en zelfs haar eigen standpunt te herzien als dat aan de orde was. Tegenwoordig kregen ze van een betonnen muur echter meer respons dan van Emma.

De avond verliep rustig. Er stond een zacht muziekje op, Emma speelde videobanden af van de tijd waarin Arnoud, Bianca en Annemie nog kinderen waren en ondanks alle problemen van de laatste tijd voelden ze zich met elkaar verbonden door middel van hun gezamenlijke herinneringen. Stella sliep overal heerlijk doorheen.

'Ik vraag me af hoe het nu met Dianne is,' zei Melanie op een gegeven moment ondoordacht. Arnoud schrok op en zond zijn vrouw een waarschuwende blik toe. Dit was iets waar ze het thuis vaker over hadden, maar hij wist dat dit onderwerp taboe was in zijn ouderlijk huis. Het was echter al te laat. Emma keek haar schoondochter vernietigend aan.

'Die naam wordt hier in huis niet meer genoemd,' zei ze kortaf.

'Sorry,' mompelde Melanie.

Emma ging er verder niet op in en alle anderen slaakten stiekem een zucht van verlichting. Alweer een ruzie afgewend, dacht Bianca bij zichzelf. Hoewel het natuurlijk te zot voor woorden was dat iedereen steeds maar moest oppassen met wat hij zei, alleen maar om haar moeder te ontzien. Dit was zeker geen normale, gezonde situatie. Wat Melanie gezegd had, was iets wat zij steeds vaker dacht. Ze miste Dianne. Ze verlangde ernaar om weer gewoon met haar vriendin te kletsen en te lachen alsof er niets gebeurd was en ze had zelfs al een paar keer op het punt gestaan om naar haar toe te gaan. Dan realiseerde ze zich echter dat er wél iets gebeurd was. Iets onherstelbaars. Alle ellende binnen hun gezin, de vele tranen die er vergoten waren, het immense verdriet, dat alles was toch aan Dianne te wijten, hoe ze het ook wendde of keerde. Bianca wist niet of ze haar vriendin dit ooit zou kunnen vergeven.

14

Julian ging die dag niet meer weg. Nadat Dianne hem het hele verhaal van a tot z had verteld, belde hij zijn werk met de mededeling dat hij door onvoorziene omstandigheden de rest van de dag vrij moest nemen. Hij zette verse koffie in plaats van dat laffe oplosspul, zoals hij het zelf noemde, en zorgde ervoor dat Dianne een paar crackers at. En hij praatte. Hij praatte eindeloos en onvermoeibaar met Dianne in een poging haar op te beuren en haar een andere kijk op de gebeurtenissen te geven.

'Het is niet alleen jouw schuld,' zei hij ernstig. 'Het was een samenloop van omstandigheden.'

'Dan nog blijft het feit dat ik nooit had mogen rijden,' weerlegde Dianne. Zij was niet zo makkelijk te overtuigen. 'Als ik niet te veel gedronken had, had Annemie nog geleefd.'

'Dat weet je niet. Annemie was zelf ook niet nuchter meer, heb ik begrepen. Als zij niet zoveel gedronken had, was ze niet bij je in die auto gestapt maar had ze je gedwongen om een taxi te nemen.'

'Hoe kun je een dode nu de schuld geven?' vroeg Dianne zich wanhopig af.

'Het is geen kwestie van de schuldvraag doorspelen naar een ander, ik neem alleen de feiten onder de loep. Droeg Annemie bijvoorbeeld haar gordel?'

'Nee,' moest Dianne toegeven.

'Dat is toch iets waar jij onmogelijk de verantwoordelijkheid voor op je kunt nemen,' zei Julian bijna triomfantelijk. 'Als ze die wel had gedragen, waren de gevolgen van de klap wellicht niet fataal geweest.'

'Daar zullen we nooit achter komen.'

'Je weet dus ook niet honderd procent zeker of alle schuld bij jou ligt,' gaf hij simpel terug. 'En dan is er natuurlijk ook nog die andere wagen, die veel te hard reed. Officieel treft hem geen blaam omdat hij van rechts kwam, maar de manier waarop hij de hoek om scheurde is natuurlijk onverantwoordelijk. Zoiets vraagt om problemen. Als je het zo bekijkt zijn er vier factoren die naar de dood van Annemie geleid hebben, niet slechts eentje.'

Dianne staarde nadenkend voor zich uit. Alles wat Julian zei klonk heel logisch, dat kon ze niet ontkennen. Aan de andere kant klonk het ook heel makkelijk. Té makkelijk, vreesde ze. Alsof ze zich helemaal niet schuldig hoefde te voelen omdat zij er toch niets aan had kunnen doen. En hoe graag ze ook van dat eeuwige schuldgevoel verlost wilde worden, niemand kon haar daarvan overtuigen.

'Je zult mij nooit horen zeggen dat jou geen enkele blaam treft,' zei Julian nuchter na een aarzelende opmerking van haar in die richting. 'Maar bekijk het eens op mijn manier. Die houdt in dat jij niet voor honderd procent verantwoordelijk bent, maar slechts voor vijfentwintig procent. Dat is een kwart, Dianne. Een kwart van de schuld, is dat niet veel beter te dragen voor je?'

'Ik wilde dat ik het zo kon bekijken,' zuchtte Dianne.

'Probeer dat in ieder geval. Als je dat niet in je eentje kunt, zoek daar dan hulp bij. Wat jij hebt meegemaakt is veel te zwaar om in je eentje te dragen, niemand zal je er vreemd op aankijken als jij in therapie gaat om dit te kunnen verwerken. Heb je daar nooit aan gedacht?'

'O jawel. Het is me zelfs door diverse mensen aangeraden.'

'Waarom heb je dat dan nooit gedaan?' wilde Julian
weten.

Dianne schokte met haar schouders. Het was moeilijk
om daar een duidelijk antwoord op te geven. De voor-
naamste reden was toch wel dat ze zelf vond dat ze het
niet verdiende om hulp te krijgen. Ze had te veel aangericht, het was haar straf om met de consequenties daarvan te moeten leven. Hulp zoeken had de makkelijkste
weg geleken. Die redenering had ze niet echt bewust
gemaakt, maar zo voelde het wel voor haar. Zoekend
naar de juiste woorden probeerde ze dat aan Julian duidelijk te maken.

'Oké, ik kan me daar wel iets bij voorstellen, maar we
hebben net geconcludeerd dat jij slechts voor een
gedeelte verantwoordelijk was, dus die redenering klopt
niet meer,' zei hij daarop. 'Je hebt recht op hulp.'

'Zo voelt dat anders nog steeds niet. Het lijkt zo oneerlijk dat ik de kans krijg om me hierbovenuit te werken
en wellicht weer een normaal leven op te bouwen terwijl
Annemie…' Dianne stokte en beet op haar lip.

'Niets ter wereld kan Annemie terugbrengen, maar er
is niemand bij gebaat als jij eraan onderdoor gaat. Jij
hebt dat ongeluk overleefd! Nu moet je je inzetten om
ook wat van je leven te maken.'

'Is het werkelijk zo eenvoudig?' vroeg Dianne zich
hardop af.

Julian knikte beslist. 'Zeker weten. Door het vele pie-
keren heb je de zaken nodeloos ingewikkeld gemaakt
voor jezelf. Zo moeilijk is het niet, Dianne. Kom van die
bank af, zoek hulp, ga weer werken en besteed wat aandacht aan je uiterlijk. Leef zoals Annemie zou willen dat
je leeft.'

Plotseling begon Dianne te lachen. Dat had ze zo lang niet gedaan dat de spieren aan de zijkant van haar mond er gewoon pijn van deden. 'Jij weet de zaken zo voor te stellen dat ik me langzamerhand begin af te vragen waarom ik me zo druk heb gemaakt. Volgens jou heb ik me dus een jaar lang voor niets opgesloten in huis en me schuldig gevoeld?'

Julian lachte niet met haar mee. 'Die tijd heb je blijkbaar nodig gehad,' zei hij serieus. 'Maar nu breekt de volgende fase aan, namelijk die van verwerking en opbouw. Voordat het te laat is om daaraan te beginnen.' Zijn ogen gleden naar de tafel, waar nog steeds de medicijnen lagen. 'Zou je het echt gedaan hebben?' vroeg hij opeens.

'Waarschijnlijk wel, maar niet bewust. De gedachte aan zelfmoord is nooit echt bij me opgekomen. Ik vond die pillen per toeval in de kast en het leek de meest aantrekkelijke en simpele oplossing. Ik dacht er niet echt bij na, verlangde alleen maar naar de rust die ik zou krijgen als ik alles in zou nemen. Jij kwam precies op het juiste moment,' zei Dianne peinzend. Ze huiverde bij de gedachte aan wat er gebeurd zou zijn als Julian niet bij haar had aangebeld. Een paar uur eerder had ze hem verwenst toen hij voor haar deur stond, nu kon ze er alweer voorzichtig een beetje blij mee zijn dat hij juist op dat tijdstip gekomen was.

'Dat was geen toeval. Ik geloof niet in dergelijk toeval,' zei Julian. 'Ik zou willen dat Annemie er voor gezorgd heeft.'

Dianne keek hem verrast aan. 'Denk je dat werkelijk?'

'Het is in ieder geval een veel mooiere gedachte,' antwoordde hij glimlachend. 'En stel dat het inderdaad zo is, dan mag je die hulp niet weigeren.'

'Dat was sowieso nog niet in me opgekomen. Dankzij jou voel ik me nu al heel wat beter dan een jaar lang het geval is geweest.'

'Dat komt niet door mij. Je hebt het absolute dieptepunt bereikt en nu worstelt je geest om weer boven te komen, dat is een natuurlijke reactie. Een mens is meestal sterker dan hij zelf denkt, vergeet dat niet. Jij gaat het redden, Dianne, daar twijfel ik geen moment aan.'

'Maar je helpt me toch wel?' vroeg ze angstig. De gedachte om dit alleen te moeten doen benauwde haar. Ze miste de overtuiging in haar eigen kunnen, wat Julian wel had.

Julian pakte haar hand en kneep er zacht in. 'Natuurlijk,' stelde hij haar gerust. 'Zo makkelijk kom je niet meer van me af. Ik ben op je pad geplaatst en ik ben van plan daar te blijven, maar uiteindelijk zul je het toch zelf moeten doen. Je huis bijvoorbeeld.' Hij keek om zich heen in de rommelige, stoffige woonkamer. De verdorde planten in de vensterbank boden een trieste aanblik en de meubels waren dof van het stof dat zich er in de loop der maanden ophad verzameld. 'Een stofdoek zou hier zeker geen kwaad kunnen. Als jij hier morgen aan de slag gaat, krijg je van mij nieuwe planten en bloemen om de boel op te fleuren. Als je omgeving er goed uitziet, voel je jezelf ook beter.'

Zo praatten ze door tot diep in de nacht voor Julian aanstalten maakte om op te stappen.

'Morgen kom ik terug,' beloofde hij haar.

Uitgeput van het vele praten, de losgekomen emoties en het huilen viel Dianne vrijwel direct in slaap. Vroeg in de ochtend werd ze echter gillend wakker uit een nachtmerrie waarin ze het ongeluk opnieuw beleefd had. Trillend en zwetend zat ze rechtop in haar bed, bang om haar ogen opnieuw dicht te doen en die vreselijke beelden weer te moeten ondergaan. Op dat moment was het vertrouwen dat ze had gevoeld tijdens het gesprek met Julian, volkomen verdwenen en was ze er vast van overtuigd dat ze er nooit bovenop zou komen.

De volgende ochtend toog ze echter toch aan de slag in haar huis. Niet omdat ze dat graag wilde of het belangrijk vond, maar omdat ze het aan Julian had beloofd en ze hem niet wilde teleurstellen. Hij had nu al zoveel voor haar gedaan dat ze zich min of meer verplicht voelde iets terug te doen. Ze draaide een paar wassen, sopte de keuken en de badkamer, ging met stofdoek en stofzuiger door het huis heen en zeemde de ramen. Gaandeweg begon ze er steeds meer plezier in te krijgen. Het was prettig om iets omhanden te hebben na de lange, lege maanden die achter haar lagen. Het huis knapte enorm op en dat gaf haar voldoende voldoening om niet op te geven, maar door te gaan. Ze begon zich zelfs weer thuis te voelen in haar eigen woning, een gevoel dat ze lang niet had gehad.

Julian kwam inderdaad die avond weer naar haar toe, mét een grote tas vol planten, twee bossen bloemen en het adres van een therapeut die gespecialiseerd was in rouwverwerking.

'Wel een risico om die planten alvast mee te nemen,' merkte Dianne op. 'Voor hetzelfde geld had ik hier niets gedaan.'

'Dat is geen moment bij me opgekomen. Ik heb alle vertrouwen in je,' zei Julian daarop.

Het werd haar warm om het hart bij die opmerking, die oprecht gemeend klonk. Dat vertrouwen zorgde ervoor dat Dianne aan zichzelf begon te werken. Het was moeilijk en ging zeker niet van de ene dag op de andere, maar ze hield vol. De komst van Julian had haar uit een zeer diepe put getrokken en ze was niet van plan om daar weer in weg te zakken, al gleed ze regelmatig toch weer een stukje naar beneden. Ze maakte zelfs een afspraak met de therapeut die hij haar had aangeraden. Dezelfde dag belde ze die afspraak overigens weer af en zo ging het een aantal dagen later weer, maar de derde keer ging ze er wel naar toe. Het was een enorme overwinning voor Dianne om de straat op te gaan en ze was buitensporig trots op zichzelf dat het haar lukte, al liet ze haar auto staan en nam ze de bus. Haar rijbewijs had ze inmiddels weer terug en haar auto stond gerepareerd naast de stoep, maar dat was nog een stap te ver. Het klamme zweet brak haar uit bij de gedachte om achter het stuur plaats te moeten nemen en dat zorgde er bijna voor dat ze alsnog die afspraak afbelde. Eén stap tegelijk, moest ze zichzelf voorhouden. Ook dan zou ze ooit aankomen op de plaats van bestemming. Het hoefde niet snel, als het maar goed gebeurde. Onder de bezielende leiding van Julian, die trouw iedere dag naar haar toe kwam en haar steunde waar hij kon, zou het haar uiteindelijk lukken. Langzamerhand begon zelfs Dianne daar vertrouwen in te krijgen.

Vivienne was aangenaam verrast bij haar terugkeer uit Amerika. Omdat ze zich ontzettend veel zorgen om Dianne had gemaakt was ze direct na haar thuiskomst naar haar toe gegaan. Ze had niet anders verwacht dan dat ze een zielig hoopje mens zou aantreffen, vereenzaamd na ruim twee weken geen enkel gezelschap. In plaats daarvan werd de deur geopend door een jonge vrouw die er weliswaar mager, maar verder goed uitzag. Zeggen dat ze straalde zou overdreven zijn, maar vergeleken bij de Dianne zoals ze was geweest voor Vivienne op vakantie ging, was dat wel het eerste dat in haar opkwam. In ieder geval begon ze weer te lijken op de Dianne zoals ze een jaar geleden was geweest. Ze had een fleurige bloes aan, haar haren waren recentelijk geknipt en haar gezicht licht opgemaakt. De kamer die Vivienne binnenstapte rook fris en was schoon en opgeruimd. De planten die her en der verspreid stonden groeiden en bloeiden welig, in tegenstelling tot de verdroogde, zielige plantjes die hier twee weken geleden hadden gestaan. Vivienne viel van de ene verbazing in de andere.

'Ik geloof dat ik vaker op vakantie moet gaan, dat schijnt een goede uitwerking op jou te hebben,' grapte ze. 'Wat is er gebeurd? Ik had verwacht jou helemaal verkommerd aan te treffen.'

'Je had me bijna helemaal niet meer aangetroffen,' zei Dianne ernstig. 'Ik was erg ver heen, Viev. Verder dan ik zelf vermoedde.'

'Vertel.' Vivienne ging zitten en keek haar afwachtend aan. 'Wie is die reddende engel?'

'Hoe weet jij dat?' vroeg Dianne. Ze kon niet verhinderen dat er een blos vanuit haar hals optrok naar haar gezicht.

'Dat is niet zo moeilijk te raden. Met alle respect voor jouw wilskracht, maar in je eentje had je dit niet voor elkaar kunnen boksen. Wie of wat heeft jou doen inzien dat je verkeerd bezig was?'

Dianne haalde diep adem. 'Julian,' zei ze toen. 'Julian Verdonk, die bij ons op de havo heeft gezeten. Hij moest hier voor zijn werk zijn, herkende me en vroeg naar jou en Bianca. Op dat moment brak ik en heb ik hem alles verteld.'

'Eindelijk,' zuchtte Vivienne. 'Ik heb zo gehoopt dat er iets zou gebeuren wat die impasse zou doorbreken.'

'Hij heeft me gedwongen om anders naar de situatie te kijken.' Dianne vertelde nu precies wat er allemaal besproken was tussen Julian en haar en wat er aan zijn komst was voorafgegaan. 'Ik ben nu ook onder behandeling bij een therapeut,' besloot ze.

'Goed van je. Is het zwaar?'

'Loodzwaar. Maar ik houd vol, Viev. Voor Annemie. Het had maar een haartje gescheeld of ik was er ook niet meer geweest. Julian beweert echter dat zij me in dat geval onmiddellijk terug had gestuurd naar de aarde, omdat ze beslist wil dat ik iets van mijn leven maak.'

Vivienne schoot hardop in de lach. 'Wat een heerlijk verfrissende manier om met zo'n loodzwaar gegeven om te gaan. Ik kan me die Julian eerlijk gezegd maar amper herinneren, maar ik wil hem graag opnieuw leren kennen. Ik houd nu al van hem vanwege de manier waarop hij jou opgevangen heeft.'

'Hij niet alleen,' zei Dianne nu ernstig. 'Jij bent een vriendin uit duizenden, Viev, dat mag best weleens gezegd worden. Dat zie ik nu pas. Waar alle anderen het allang opgegeven hebben, voornamelijk door mijn eigen houding, bleef jij komen. Zonder jou was ik er waarschijnlijk nog een stuk slechter aan toe geweest dan toch al het geval was.'

'Dat is niets, daar zijn we vriendinnen voor,' wuifde Vivienne dat weg.

Dianne schudde haar hoofd. 'Vóór dat ongeluk had ik meerdere vriendinnen. Jij bent echter de enige die volgehouden heeft, terwijl ik er eigenlijk nooit bij heb stilgestaan dat jij net zo goed je verdriet hebt. Ondanks dat bleef je voor mij zorgen en voor de familie Verbrugge. Het moet heel zwaar zijn voor je.'

'Van de familie Verbrugge heb ik anders geen last meer,' probeerde Vivienne luchtig te zeggen. De ruzie met Emma zat haar ontzettend dwars, maar ze wilde Dianne niet al te veel opzadelen met haar eigen problemen. Zeker niet nu deze net een beetje aan het overeind krabbelen was. 'Na jou en Bo ben ik nu ook de familie uit gegooid.'

'Nee!' Dianne zette grote ogen op.

'Jawel. Emma nam het me zeer kwalijk dat ik niet aanwezig was op de sterfdag van Annemie en vervolgens werd ze kwaad omdat ik opperde dat ze professionele hulp moest zoeken. Ze is niet gek, ze heeft verdriet, dat is wat ze letterlijk tegen me zei.'

'Arme Emma.' Dianne was echt beduusd van dit nieuws. 'Op deze manier houdt ze niemand meer over. Konden we maar iets doen om haar te helpen.'

'Het enige wat Emma kan helpen is Annemie tot leven wekken en dat is helaas niet mogelijk,' zei Vivienne zacht.

Stil zaten ze bij elkaar, beide vriendinnen verdiept in hun eigen gedachten. De wond die een jaar geleden was toegebracht was enorm en het genezingsproces verliep uiterst langzaam. Niemand kon daar beter over meepraten dan Dianne. Als er iemand was die begrip op kon brengen voor Emma's houding was zij het wel. Wrang genoeg was zij tevens de laatste persoon op aarde van wie Emma begrip wilde.

'Laten we het over iets leukers hebben,' zei Dianne toen. 'Hoe was je vakantie? Hoe gaat het met je ouders? Heeft Peter een goede indruk op hen gemaakt?'

'Natuurlijk. Hij zou geen slechte indruk kunnen maken, al zou hij dat willen,' beantwoordde Vivienne stralend de laatste vraag als eerste. 'Het was fantastisch. Mijn ouders zijn enorm ingenomen met hem, dat was wel duidelijk.'

'Peter is het echt voor jou, hè?' zei Dianne.

Vivienne knikte. 'We gaan samenwonen,' vertelde ze. 'Onze flats zijn eigenlijk te klein voor twee personen, maar voorlopig trek ik bij hem in en dan gaan we op zoek naar iets anders. Het liefst een huis met een tuin, want Peter is gek op tuinieren. Je moet zijn balkon eens zien, dat staat helemaal vol met planten.'

'Nu al samenwonen? Gaat dat niet heel erg snel?' vroeg Dianne zich hardop af.

'Wat goed is, komt snel,' zei Vivienne eenvoudig. 'Vergeet niet dat we al door heel wat heen zijn gegaan samen. Met mij kreeg Peter heel wat problemen op zijn bord, maar daar heeft hij nog nooit een negatieve opmerking over gemaakt. In dit soort omstandigheden leer je in een razend tempo wat je aan elkaar hebt en dat zit bij hem wel goed.'

'Gefeliciteerd. Ik ben echt blij voor je.' Dianne stond op en omhelsde Vivienne. 'Er bestaat dus toch nog zoiets als geluk in dit leven.'

'Zeker weten en daar krijg jij ook je portie nog van,' meende Vivienne hartelijk. 'Ik ben dolblij dat je weer terug bent, Dianne.'

'Zo voelt dat anders nog niet. Ik heb nog een hele lange weg te gaan.'

'Maar je komt er, daar gaat het om. Als vroeger zal het nooit meer worden, maar dat betekent niet dat het alternatief minder is. Alleen anders,' zei Vivienne.

Een stuk geruster dan op de heenweg fietste ze terug naar haar eigen huis, waar Peter op haar wachtte. Nu het beter ging met Dianne verheugde Vivienne zich nog meer op haar eigen toekomstplannen met hem. Ze had er een beetje tegenop gezien om Dianne te vertellen dat ze ging samenwonen terwijl het zo slecht met Dianne ging. Dat bezwaar was nu gelukkig weggevallen. Dianne was oprecht blij voor haar geweest en had gereageerd zoals

Vivienne wel had gehoopt, maar niet had verwacht. Het gaf haar nieuwe hoop voor de toekomst. Na de inktzwarte periode die achter hen lag, gloorde er nu weer licht aan het eind van de tunnel.

15

'Ik durf het niet!' Angstig bleef Dianne op de stoep staan, haar ogen gefixeerd op haar autootje. Het liefst wilde ze zich omdraaien en haar huis weer in vluchten.

'Natuurlijk wel. Kom op, ik ben bij je.' Julian pakte haar hand en duwde haar bijna de wagen in.

Met trillende handen zat Dianne achter het stuur. Ze had ruim een jaar niet gereden en wat haar betrof bleef dat zo. Haar ogen schoten zenuwachtig alle kanten op.

'Het gaat je lukken, dat weet ik zeker,' sprak Julian op geruststellende toon. 'Het is jammer dat je niet direct weer bent gaan rijden. Na zo'n ervaring is het het beste om meteen weer achter het stuur te kruipen.'

'Als ik dat had gedaan was ik hartstikke strafbaar geweest,' zei Dianne met een bibberig glimlachje. 'Mijn rijbewijs was ik kwijt, weet je nog?'

'Maar nu heb je het weer en ga je er ook gebruik van maken,' zei Julian vastbesloten. 'Je hoeft heus niet onmiddellijk honderden kilometers de snelweg op, maak je geen zorgen. Wen eerst maar weer aan het gevoel om achter het stuur te zitten. Krijg je nu geen zin om gas te geven en overal heen te gaan waar je maar wilt?'

'Nee,' antwoordde ze naar waarheid. 'Het enige wat ik echt wil, is die auto weer uit.'

'Dat is nu precies wat we niet gaan doen. Start hem maar.'

Met tegenzin deed Dianne wat hij vroeg. Ze wist dat hij gelijk had en dat het niet goed was om te vluchten voor haar gevoelens, maar het was zo moeilijk. De auto bracht zoveel nare herinneringen boven. Aan de andere kant had ze die auto niet nodig om zich die avond haarscherp te blijven herinneren. Dat zou ze nooit meer vergeten.

'Dus kun je net zo goed wel rijden,' zei Julian monter nadat ze daar een opmerking over had gemaakt.

'Dat klinkt makkelijker dan het is.'

'Niemand heeft ooit beweerd dat het makkelijk is. Maar wat is dat wel? Het stuk dat je tot nu toe hebt afgelegd was ook ontzettend moeilijk, maar het is je wel gelukt. Dat geldt hier ook voor.'

'Maar wat als het fout gaat? Straks rijd ik jou ook dood,' zei Dianne kleintjes.

Hij pakte haar hand en kneep er bemoedigend in. 'Daar ben ik totaal niet bang voor. Bovendien gaan we niet meteen de drukte in, we rijden gewoon een rondje over dit parkeerterrein. Stapvoets, zonder iets te forceren. Als er een andere auto aankomt, rem je gewoon af en wacht je tot diegene geparkeerd heeft.'

Dat klonk heel simpel en in ieder geval ongevaarlijk, moest Dianne toegeven. Zelfs zij kon op die manier geen brokken veroorzaken. Langzaam liet ze haar koppeling opkomen terwijl ze het gaspedaal iets indrukte. De auto schokte even en sloeg toen af. Haar tweede poging verliep hetzelfde. Het zweet brak Dianne uit.

'Je handrem staat er nog op,' klonk Julians nuchtere stem uit het donker naast haar. Het schaamrood steeg naar haar wangen. Gelukkig lachte hij haar niet uit en maakte hij ook geen schampere opmerkingen in de trant van 'vrouwen achter het stuur', anders hadden ze ongetwijfeld ruzie gekregen. Haar zenuwen stonden toch al op springen. Langzaam kwam de wagen nu in beweging. Tot het uiterste gespannen tuurde Dianne door de voorruit, bedacht op iedere beweging om haar heen. Er gebeurde niets. Met een slakkengangetje reed ze over het parkeerterrein heen, haar zelfvertrouwen groeide bij iedere bocht die ze nam.

'Zullen we nu een rondje om de flat heen?' stelde Julian voorzichtig voor.

Even aarzelde Dianne, toen knikte ze. Ooit moest het er toch van komen, dus dan maar meteen. Ze kende Julian inmiddels goed genoeg om te weten dat hij dit toch niet zou laten rusten totdat ze weer op de normale manier aan het verkeer deelnam. Het verlaten van het parkeerterrein deed ze uiterst behoedzaam. Ze keek wel vier keer de stille straat in of er echt niets aankwam voordat ze gas durfde te geven. Het zweet brak haar uit toen er een tegenligger naderde, maar ze passeerden elkaar zonder problemen. Het ritje duurde slechts enkele minuten, toch had Dianne het gevoel dat ze een enorme overwinning had behaald.

'Ik heb het gedaan. Ik heb het echt gedaan,' zei ze alsof ze het zelf niet kon geloven.

'Ik ben trots op je,' zei Julian simpel. 'Het punt van de eerste keer weer in je auto stappen heb je nu in ieder geval gehad. Van nu af aan kan het alleen maar beter gaan.'

'Morgen ga ik een rijschool bellen voor een paar lessen om me weer op weg te helpen,' nam Dianne zich voor. 'Dan zit er tenminste een instructeur naast me.'

'Durf je het dan wel?'

'Als het een goede instructeur is zal er niets gebeuren,' bedacht Dianne. Ze grinnikte even. 'En zo wel, dan is het tenminste zijn schuld en niet de mijne.'

Lachend liepen ze naar binnen toe. Julian was blij dat Dianne grapjes kon maken over dit beladen onderwerp en Dianne voelde zich licht en trots omdat ze een hele grote stap had gezet in haar genezingsproces. Ze kwam er wel. Het ging misschien niet zo heel erg vlug, maar het einddoel, het overwinnen van haar depressie en het leiden van een normaal leven, kwam steeds dichterbij. Ze was al een heel eind op de goede weg, dat wist ze. Haar baan was ze inmiddels kwijtgeraakt, omdat ze ten tijde van het ongeluk op basis van een jaarcontract werkte en dat contract was niet verlengd, maar voor de rest deed ze bijna alles weer en binnenkort zou ze ook weer gaan solliciteren. Twee keer per week bezocht ze een therapeut en die gesprekken deden haar enorm goed. Langzamerhand was ze zelf ook tot de overtuiging gekomen dat het ongeluk niet alleen aan haar te wijten was. Het schuldgevoel dat ze had zou waarschijnlijk nooit helemaal verdwijnen, maar het was tegenwoordig wel een stuk beter te dragen. Haar zelfvertrouwen kwam stukje bij beetje terug en het verdriet om Annemie begon zelfs enigszins te slijten. De nachtmerries over het ongeluk leken tot het verleden te behoren. En nu stond ze dus zelfs weer op het punt om auto te gaan rijden. Langzamerhand begon haar leven weer vorm te krijgen, niet in het minst door de nimmer aflatende steun van Julian. Hij kwam vrijwel dagelijks naar haar toe en ving haar op op een manier die Steven destijds niet op had kunnen brengen. Waar die haar had verweten dat ze wegzonk en dat ze niets ondernam om dat proces tegen te gaan, had Julian begrip getoond voor haar depressie en haar schuldgevoel en reikte hij haar een helpende hand omdat hij wist dat ze niet alleen uit die put kon komen.

Ach, Steven. Hij leek iemand uit een heel ver verleden. Dianne had oprecht van hem gehouden, maar na zijn vertrek had ze hem niet echt gemist, daarvoor waren ze al te ver uit elkaar gegroeid. Steven had nooit echt de gevolgen van het ongeluk onder ogen gezien. Het was gebeurd en het had weinig nut om daar constant bij stil te blijven staan, was zijn redenering geweest. De impact die het op haar had gehad, had hij niet onderkend. Hij was gewoon door blijven gaan met zijn werk en zijn band, waardoor Dianne heel veel alleen was geweest in een periode waarin ze toch al heel veel mensen had verloren. Haar trots had haar verhinderd om hem te vragen wat vaker thuis te blijven bij haar en uit zichzelf had hij dat nooit aangeboden. Ze nam hem niets kwalijk, want hij had op zijn manier geprobeerd haar te helpen en dat die hulp niet bij haar overkwam was zijn schuld niet. Blijkbaar pasten ze toch niet zo goed bij elkaar als ze ooit gedacht hadden, in een tijd dat er nog geen vuiltje aan de lucht was en alles hun voor de wind ging.

Dit alles overpeinzend dwaalde Dianne door het winkelcentrum, na een bezoek aan haar therapeut. Ze was het afgelopen jaar flink afgevallen en ze had besloten haar garderobe enigszins aan te vullen. De uitverkoop die momenteel in volle gang was, was daar de uitgelezen gelegenheid voor, want veel geld had ze niet te besteden. Door Stevens vertrek moest ze de huur van hun huis en de andere vaste lasten nu in haar eentje opbrengen en na het verlies van haar baan was haar inkomen een stuk minder geworden. Niet alleen voor haar moreel zou het goed zijn om weer werk te vinden, maar ook voor haar portemonnee. Gelukkig had ze nog wat op haar spaarrekening staan, bovendien had ze het laatste jaar vrijwel niets uitgegeven, dus een paar maanden kon ze het nog wel uitzingen voordat het echt penibel zou worden.

Dromerig staarde Dianne naar een broekpak in een aanlokkelijk ingerichte etalage. Ondanks de korting die er vanaf ging, was het nog boven haar begroting, ontdekte ze. Jammer. De stof was soepel en de mooie bronskleur zou uitstekend staan bij haar donkere haren en groene ogen. Enfin, ooit zou ze zich dergelijke kleding wel weer kunnen veroorloven, sprak ze zichzelf in gedachten toe. Nu moest ze het echter houden bij wat shirtjes, want wat ze momenteel bezat slobberde echt om haar sterk vermagerde lijf heen. Op het gebied van broeken was dat nog wel op te vangen met een ceintuur. Misschien niet echt modebewust, maar na alles wat ze had doorstaan was dat het laatste waar ze zich druk over maakte.

Ze wilde doorlopen, net op het moment dat de bewuste winkeldeur van binnenuit werd geopend en er een jonge vrouw naar buiten kwam.

'Bianca!' Die naam ontsnapte Dianne voor ze er erg in had. Als door de bliksem getroffen bleef ze staan.

'Dianne.' Bianca aarzelde tussen blijven staan en snel doorlopen. Ze koos voor het eerste, al wist ze zelf niet goed waarom. Deze onverwachte confrontatie met Dianne drukte haar weer stevig met haar neus op de feiten, terwijl ze die juist even had willen vergeten met behulp van een dagje winkelen. Zomaar weglopen kon ze echter ook niet, daarvoor was hun band altijd te sterk geweest.

'Dat is lang geleden,' zei Dianne onbeholpen. Het was niet echt een gelukkige opmerking, maar het eerste wat haar te binnen schoot.

'Ruim een jaar, hè?' reageerde Bianca onwillekeurig sarcastisch. 'De laatste keer dat wij elkaar gezien hebben, was een nogal gedenkwaardige avond.'

'Ik kan je niet zeggen hoezeer het me spijt,' bracht Dianne uit. Het onderwerp vermijden was niet meer mogelijk nu ze er ineens middenin zaten. Dat wilde ze trouwens ook niet.

'Dat mag ik hopen. Je hebt heel wat aangericht,' zei Bianca kalm.

Dianne knikte. 'Denk niet dat ik me daar niet van bewust ben. Ik heb een vreselijke tijd achter de rug. Daar wil ik me niet over beklagen, hoor,' vervolgde ze snel toen ze zag dat Bianca's gezicht betrok. 'Voor jullie gezin moet het nog vele malen erger geweest zijn. Ik zou er echt alles voor overhebben om de tijd terug te kunnen draaien.'

'Jammer dat je dat niet kunt. Dat zou inderdaad het enige zijn wat ons echt zou helpen.'

Ongemakkelijk stonden de twee vroegere vriendinnen tegenover elkaar, beiden met gemengde gevoelens. Dianne was blij om Bianca weer te zien, tegelijkertijd kwam het schuldgevoel weer hevig opzetten bij deze confrontatie, vooral toen ze opmerkte hoe slecht Bianca eruitzag. Haar eens zo sprankelende ogen stonden nu dof in het smaller geworden, bleke gezicht. Alle levenslust die Bianca altijd had tentoongespreid, leek verdwenen. Dat was haar schuld. Dianne had al haar kracht nodig om zich vast te grijpen aan Julians bewering dat zij slechts een kwart van die schuld op haar geweten had, en niet de volledige honderd procent. Ze schrok op toen Bianca aanstalten maakte om door te lopen. Ze wilde haar niet zomaar weg laten gaan. Hun vriendschap was altijd veel te hecht geweest om nu na een toevallige ont- moeting ieder hun weg te gaan alsof ze slechts vage ken- nissen van elkaar waren.

'Laten we wat gaan drinken,' flapte ze er snel uit, voordat ze van gedachten kon veranderen. Smekend keek ze Bianca aan. 'Alsjeblieft. Laten we op z'n minst een poging doen om met elkaar te praten.'

Bianca aarzelde, toen knikte ze langzaam. 'Oké.'

Zwijgend liepen ze naar een in de buurt gelegen lunchroom, waar ze vroeger vaak waren geweest. Het was hun vaste adresje tijdens de talloze winkelmiddagen die ze al achter de rug hadden. Pas toen de serveerster hun bestelling aan het tafeltje had gebracht, begon Dianne te praten.

'Waarschijnlijk een overbodige vraag, maar hoe gaat het met jullie?' vroeg ze zacht.

'Slecht,' antwoordde Bianca meteen cynisch. 'De dood van Annemie heeft een enorm gat geslagen binnen ons gezin. Mijn moeder praat nergens anders meer over en mijn vader praat zowat helemaal niet meer. Gezelligheid hoef je bij ons thuis niet meer te verwachten.'

'Het spijt me,' herhaalde Dianne.

Even keek Bianca haar recht in haar ogen. 'Dat is niet jouw schuld,' zei ze onverwachts. 'Dat ongeluk misschien wel, maar hoe we met de gevolgen omgaan hebben we zelf in de hand.' Het verbaasde haar zelf dat ze dit zei. Het verwarde haar ook. Dianne de schuld geven van alles wat er speelde was veel makkelijker dan de hand in eigen boezem steken. Nu ze dit openlijk gezegd had, moest ze ook gaan nadenken over haar eigen rol. Haar manier om met Annemie's dood om te gaan was ook niet al te best, tot die ontdekking was ze al eerder gekomen. Zoiets denken en er ook naar handelen waren echter twee verschillende dingen. Nog steeds ging ze bijna iedere avond op stap en meer dan eens per week rolde ze vervolgens dronken haar bed in. Of andermans bed.

'Ik vraag me nog steeds af hoe het heeft kunnen gebeuren,' zei Dianne na een lange stilte. 'Dronken achter het stuur kruipen, dat is iets waarvan ik nooit had gedacht dat ik het ooit zou doen. Ik heb er dan ook geen enkele verklaring voor.'

'Daarom kwam de klap ook zo hard aan, denk ik,' knikte Bianca. 'Het was zo bizar dat we het niet konden vatten. Overigens ligt de schuld van het ongeluk niet alleen bij jou.'

'Dat houdt Julian me ook steeds voor.'

'Julian?' Bianca fronste haar wenkbrauwen.

'Julian Verdonk. Hij heeft bij ons op school gezeten.' Dianne vertelde van hun hernieuwde kennismaking, overigens zonder uit te wijden over de details van die dag. Heel even leken ze gewoon twee vriendinnen die samen zaten te kletsen over alles wat hen bezighield.

'Voor jou heeft het dus uiteindelijk een goede wending gekregen,' zei Bianca toen echter hard. 'In tegenstelling tot voor ons. Ons gezin heeft niemand die ons troost of steunt. Wij moeten het allemaal zelf zien te verwerken.'

Dianne beet op haar onderlip. Zoals Bianca het stelde, klonk het zeer oneerlijk. Alsof ze geen recht had op Julians hulp, iets waar ze zelf ook nog steeds mee worstelde.

'Ik zou jullie graag tot steun willen zijn,' zei ze zacht.

'Jij? Laat me niet lachen! Als jij je bij ons thuis durft te vertonen, zet mijn moeder je eigenhandig weer buiten. Net zoals ze bij Bo en Vivienne heeft gedaan.' Bianca's stem klonk bitter en Dianne besefte dat zij niet de enige was die vereenzaamd was sinds dat fatale ongeluk. Het levende bewijs van die stelling zat tegenover haar.

'Is er een kansje dat wij onze vriendschap weer oppakken?' waagde ze het voorzichtig te vragen. 'Ik weet dat er veel gebeurd is, maar...' Haar stem stierf weg. Ze maakte een hulpeloos gebaar met haar handen. Eigenlijk verwachtte ze niets anders dan dat Bianca haar uit zou lachen of kwaad zou worden omdat ze de euvele moed had gehad om zoiets voor te stellen. Pijnlijk duidelijk stond haar plotseling hun laatste contact voor ogen, toen Bianca haar bijna aangevlogen was, met ogen die flikkerden van haat.

'Ik mis je,' zei ze toen er niets van dit alles gebeurde. Bianca zat haar alleen maar strak aan te kijken.

'Ik mis jou ook,' zei ze na een lange stilte. 'Maar je vraagt nu wel heel veel van me. Ik weet het niet, Dianne. Jij zult altijd onlosmakelijk verbonden blijven met de dood van Annemie. Ik weet echt niet of ik het ooit zal kunnen opbrengen om je dat te vergeven.' Bianca stond op, ze was duidelijk van haar stuk gebracht. 'Ik eh... Ik moet weg,' zei ze haastig.

'Wacht nog heel even.' Dianne pakte haar arm vast. 'Ik begrijp je, maar vergeet nooit dat ik er voor je ben als dat nodig is. Wat mij betreft ben jij nog altijd mijn vriendin en mijn deur blijft gewoon voor je open.'

Bianca knikte slechts en vluchtte bijna de lunchroom uit. Haar glas stond nog onaangeroerd op het tafeltje. Zonder iets te zien spoedde ze zich door de drukke winkelstraten heen. Deze onverwachte ontmoeting had haar wereld even stevig op zijn kop gezet. Diep in haar hart wilde ze niets liever dan de draad van hun vriendschap weer oppakken, in plaats van haar tijd te verdoen met de zogenaamde vrienden die ze tegenwoordig in de kroeg had. Maar of dat werkelijk mogelijk was? Ze wist het echt niet. Onder de gegeven omstandigheden leek het absurd om met Dianne om te gaan alsof er niets gebeurd was, aan de andere kant was ze zelf tegenwoordig zo vaak dronken dat ze Dianne eigenlijk niets kon verwijten. Dat ze zelf nog niets onherstelbaars had veroorzaakt, was meer een kwestie van geluk dan van verstand.

'Als de contracten getekend zijn, kunt u per de eerste van de volgende maand beginnen.' De personeelsfunctionaris waar Bo net een laatste, afrondend gesprek mee had gevoerd, stond op en schudde haar hartelijk de hand. 'Dan zie ik u dus over anderhalve week. Ik hoop op een goede samenwerking.'

'Dat zal ongetwijfeld wel lukken,' zei Bo charmant. Waardig liep ze het kantoor uit en het lukte haar om met een onbewogen gezicht langs de receptie in de drukke hal te lopen, maar eenmaal buiten viel dat masker van haar af. Ze grijnsde breed en kon het niet laten om een huppelsprongetje te maken. Ze had de baan! Alle tijd en moeite die de studie haar gekost had, was niet voor niets geweest. Over anderhalve week mocht ze zichzelf officieel officemanager noemen in plaats van kledingverkoopster. Een baan met een goed aanvangssalaris, uitstekende vooruitzichten en alle mogelijkheden om binnen het bedrijf door te groeien, mits ze bereid was daar aanvullende opleidingen voor te volgen. En dat was ze zeker. Nu ze eenmaal de smaak te pakken had wilde ze meer. Veel meer. Een ongekende ambitie was in haar opgestaan, iets waarvan Bo zelf niet had geweten dat ze het in zich had. Deze geslaagde sollicitatie was, na een aantal afwijzingen, voorlopig de kroon op haar werk. Maar zeer zeker niet het eindpunt.

Haar zelfvertrouwen, geknakt door de trieste jeugd die ze achter zich had, groeide met de dag. Het was haar dan toch maar gelukt om zich daar bovenuit te worstelen en daar was ze terecht trots op. Na de jaren met haar eeuwig dronken moeder en afwezige vader en daarna de periode waarin ze van dag tot dag leefde van haar uitkering, wonend op een armoedige zolderkamer, had ze nu haar draai gevonden. De zolderkamer was inmiddels ingeruild voor een alleraardigst appartement met twee slaapkamers, een keuken en een echte badkamer. Bo had nooit gedacht dat het haar zoveel voldoening zou schenken om haar eigen appartement te huren en in te richten, van haar zelf verdiende geld. Adreswijzigingen had ze alleen maar verstuurd naar haar ouders en enkele collega's van de kledingzaak waar ze goed mee overweg kon. Bewust had ze hierin de familie Verbrugge en de andere vrouwen van hun vroegere quintet genegeerd. Dat lag achter haar. Als Emma dat zou willen, stond ze open voor een gesprek, maar wat haar betrof zou het daar dan bij blijven. Ze had er geen behoefte meer aan om het contact te herstellen of om de vriendschap met Bianca, Dianne en Vivienne te hernieuwen. Ze had maar zo kort bij hun groepje gehoord dat ze vermoedde dat die er niet echt rouwig om zouden zijn. Zij had hen in ieder geval niet meer nodig, al had ze lange tijd gedacht van wel. Bo wilde alles uit het verleden achter zich laten. In haar eentje kon ze het leven ook prima aan, dat had ze inmiddels wel bewezen. Dankzij Annemie. Met haar harde woorden destijds en haar immer positieve instelling en uiteindelijk haar vroege, tragische dood had ze Bo de weg gewezen en daar zou ze haar altijd dankbaar voor blijven.

16

Het was niet waar. Het kon niet waar zijn. Wankelend deed Bianca een paar stappen achteruit, tot ze tegen de koele tegelmuur aan leunde. Zo ver mogelijk van de test vandaan, die op de wastafel lag en haar hatelijk toe leek te grijnzen. Ze kon onmogelijk zwanger zijn, die test klopte niet, hield ze zichzelf wanhopig voor. Tegelijkertijd wist ze echter dat ze zichzelf voor de gek hield. De twee blauwe streepjes waren maar al te duidelijk. Duizelig sloot ze haar ogen. Zwanger... Die vage misselijkheid, het loden gevoel in haar ledematen en de eetbuien die ze de laatste tijd had en waardoor ze flink was aangekomen, waren dus geen tekenen van overspannenheid, wat ze lang gedacht had. Ze was zwanger, ze zou een kind krijgen. Misselijkheid welde in haar op bij het schokkende besef dat ze niet eens wist wie de vader van dit kind was. Er waren meer mannen die daarvoor in aanmerking kwamen. Geen gedachte om trots op te zijn. Paniek voelde ze op dat moment nog niet, wel werd ze bevangen door een doffe gelatenheid. Er viel niemand iets te verwijten, behalve haarzelf. Zij, brave Bianca, die altijd alles volgens de regels gedaan had en haar mond vol had gehad van eigen verantwoordelijkheid. Door simpelweg niet na te denken bij wat ze deed, had ze zichzelf nu zwaar in moeilijkheden gebracht. Niet alleen zichzelf trouwens, besefte ze. Ze was ook verantwoordelijk voor het leven van een onschuldig kind. Een kind dat er niet om vroeg om geboren te worden, maar dat op de wereld gezet werd dankzij haar onnadenkende gedrag. Ze had nu al een zware schuld tegenover dit nog ongeboren wezentje.

Met de test verstopt in de zak van het wijde vest dat ze droeg, liep Bianca naar haar eigen kamer. Zorgvuldig draaide ze de deur achter zich in het slot. Ze moest er nu even niet aan denken om haar ouders onder ogen te komen met dat loodzware geheim binnen in haar. Ze wikkelde het witte staafje en het bijbehorende doosje in de papieren zak van de drogisterij en stopte het hele pakketje in haar handtas. Dat zou ze op haar werk wel weggooien. Hoewel de kans niet groot was, wilde ze niet het risico lopen dat haar moeder dit in de prullenbak zou vinden. Gelaten ging ze op de rand van haar bed zitten, automatisch vouwde ze haar handen om haar buik heen. Zo voelde het dus wanneer je wereld door je eigen stomme schuld in elkaar stortte. Zo moest Dianne zich ook gevoeld hebben, drong het ineens tot haar door. Waarschijnlijk nog veel erger.

Ze weigerde daar verder over na te denken. Ze had nu wel iets anders aan haar hoofd. Wat moest ze doen? Ze zou naar een dokter of een verloskundige moeten, dat in ieder geval. Maar dan? De zwangerschap uitdragen en een kind op de wereld zetten of...? Misschien was een abortus wel de juiste beslissing. Ze was daar altijd een fanatiek tegenstandster van geweest, toch leek het nu een simpele oplossing. Tot zover dus haar morele overtuiging, dacht Bianca spottend bij zichzelf. Ze was er altijd van overtuigd geweest dat zij volwassen genoeg was om de gevolgen van haar gedrag te overzien en te aanvaarden, ze bleek echter geen haar beter te zijn dan sommige mensen die ze in het verleden veroordeeld had. Weer kwam daarbij de gedachte aan Dianne bij haar op. Sinds hun ontmoeting, een paar weken geleden, had ze een paar keer op het punt gestaan om contact met haar te zoeken, maar ze durfde die stap nog steeds niet echt te zetten. Had ze dat maar wel gedaan, dan had ze nu tenminste iemand gehad om haar problemen mee te bespreken. Ze zou naar Vivienne kunnen gaan, maar die was hard bezig met haar verhuizing naar Peters flat, met haar hoofd vertoevend in hogere sferen. Haar leven was momenteel één grote, roze wolk, dat wilde Bianca niet verstoren door met haar sores bij haar aan te kloppen. Bo had ze al zo lang niet gezien, dat was ook geen optie. Met haar ouders praten durfde Bianca helemaal niet aan. De reacties van haar moeder waren tegenwoordig niet te voorspellen.

Ze zou eerst naar een dokter gaan en daarna beslissen of ze de zwangerschap door zou zetten, besloot ze. Als ze inderdaad over zou gaan tot een abortus hoefden haar ouders dit nooit te weten te komen.

De rest van de avond bleef Bianca in haar kamer, eenzamer dan ooit. Emma en Leo waren er zo aan gewend dat ze niet thuis was dat ze niet eens in de gaten hadden dat hun dochter boven zat. Bianca hoorde hen op een gegeven moment naar hun eigen slaapkamer toe gaan, waarna het donker werd in de rest van het huis. Ze beleefde een lange, slapeloze, eenzame nacht, met heel veel om over na te denken.

De dag erna toog ze meteen naar haar huisarts, die het, gezien haar vele alcoholgebruik van de laatste tijd, wat ze eerlijk opgebiecht had, raadzamer vond om haar door te sturen naar een gynaecoloog. Het was mogelijk dat ze al heel wat schade had aangericht, maakte hij haar duidelijk. In de eerste aanleg van een foetus kon veel verkeerd gaan. Het duurde nog vier dagen voor Bianca bij de gynaecoloog terechtkon, dagen die ze buiten haar werk om voornamelijk in haar eigen kamer doorbracht.

Het viel haar ouders niet eens op, constateerde ze. Normaal gesproken zou Emma haar allang gevraagd hebben wat er aan de hand was. Maar ja, de term 'normaal gesproken' gold allang niet meer voor hen. Al anderhalf jaar niet meer, om precies te zijn. Over twee weken zou het opnieuw Annemie's verjaardag zijn en Emma was alweer druk bezig om die dag te organiseren. Ze kon het nog niet loslaten, ondanks alle andere gebeurtenissen om haar heen. Ze was meer bezig met de verjaardag van Annemie dan met de eerste verjaardag van haar kleindochter, de dag erna. Arnoud en Melanie hadden al aangegeven de avond van Annemie's verjaardag niet aanwezig te zijn omdat ze zich liever bezighielden met de toekomst, zoals Arnoud had gezegd. Hij had daarbij op Stella gewezen. Die opmerking was de aanleiding geweest tot een flinke uitbarsting van Emma, de zoveelste al. Bianca was niet voor niets bang om haar moeder deelgenoot te maken van haar geheim, ze wist maar al te goed hoe weinig er tegenwoordig voor nodig was om Emma uit haar vel te doen springen. Aan de andere kant zou de wetenschap dat er weer een kindje in de familie kwam, haar moeder juist milder kunnen stemmen, overwoog ze. Meteen schudde ze haar hoofd. Als het aan haar lag kwam er helemaal geen kindje, hield ze zichzelf voor. Wat moest zij tenslotte met een kind? Nota bene een kind zonder vader. Ze kon toch onmogelijk alle mannen waar ze de laatste tijd het bed mee had gedeeld opsporen en ze onderwerpen aan een vaderschapstest.

De dagen kropen om voor Bianca, maar eindelijk brak dan toch het moment aan waarop ze de spreekkamer van de gynaecoloog betrad. Alleen, zoals ze tegenwoordig alles alleen deed. Hij keek haar ondoorgrondelijk aan terwijl ze haar verhaal deed.

'Je overweegt dus een abortus?' zei hij ronduit.

'Ja. Nee. Ik weet niet,' antwoordde Bianca kleintjes. 'Zou dat niet het beste zijn?'

'Jij bent de enige die daar antwoord op kan geven,' meende de arts. 'We gaan in ieder geval eerst een echo maken om de zwangerschapsduur te bepalen, daarna praten we verder.'

Bianca knikte dociel. Ze had stiekem gehoopt dat deze arts haar een abortus om medische redenen zou adviseren, dan hoefde ze daar zelf niet over na te denken en hoefde ze zich ook niet schuldig te voelen. Ze ging op de bewuste tafel liggen en ontblootte haar buik. Terwijl de arts behoedzaam met een zender over haar buik gleed en de beelden bekeek die op het scherm verschenen, staarde Bianca naar het plafond. Het kwam niet in haar hoofd op om naar haar kindje te kijken. Waar andere aanstaande moeders niet konden wachten om hun baby te aanschouwen en gretig die eerste beelden in zich opnamen, beschouwde zij dit slechts als een medische handeling. De nagels van haar vingers boorden zich in de huid van haar handpalmen.

'Heb je enig idee hoe lang de zwangerschap al duurt?' vroeg de arts haar.

Bianca schudde haar hoofd. Ze kon zich de laatste keer dat ze menstrueerde niet meer herinneren, maar had daar ook nooit bij stilgestaan.

'Een week of zes misschien,' antwoordde ze vaag.

'Eerder richting een maand of zes,' zei de dokter daar prompt op. 'Vijf maanden en een week, om precies te zijn. Heb je daar nooit iets van gemerkt?'

Bianca gaf geen antwoord op die vraag. Ze keerde haar gezicht naar de dokter toe, er lag een ongelovige uitdrukking op. Onbewust schudde ze haar hoofd. Dit kon niet.

'Kijk zelf maar.' De arts wees naar het scherm en begon haar precies uit te leggen wat er op te zien was. De vage, grijze, witte en zwarte vlekken veranderden voor Bianca's ogen in een echt kind. Ze zag een hoofdje, twee armpjes, twee beentjes, de ruggengraat, alles wees de arts haar aan. Uiteindelijk hield hij zijn vinger bij een bewegende vlek.

'Weet je wat dit is?' vroeg hij vriendelijk.

'Nee.' Bianca staarde ademloos naar het scherm. Wat in haar gedachten slechts een klompje cellen was geweest, bleek een kind te zijn. Een echt kind!

'Dat is het hartje. Zie je hoe mooi regelmatig het klopt? Het ziet er allemaal prima uit, moet ik zeggen. De baby is iets aan de kleine kant voor de zwangerschapsduur, maar niet verontrustend. Met goede voeding en voldoende rust is dat zo ingehaald.'

'Dus... Het leeft?' vroeg Bianca verward. 'Ik bedoel... Vijf maanden! Het is dus al helemaal af.'

'Je begrijpt dat er van een abortus geen sprake meer kan zijn,' zei de dokter ernstig.

'Nee, natuurlijk niet.'

'Kun je je daar een beetje in vinden?'

'Het is een baby, natuurlijk kan ik dat niet weg laten halen.' Bianca begon tegelijkertijd te lachen en te huilen. 'In mijn hoofd was het nog helemaal niets, maar dit... Ik krijg dus echt een kind. Kunt u ook zien welk geslacht het is?'

'Ja. Wil je dat werkelijk weten?'

'Nee, toch maar niet,' antwoordde ze haastig. Het was een baby, dat was voor nu even genoeg. Daar moest ze eerst aan wennen voordat ze te horen zou krijgen of het een zoon of een dochter werd. Dat maakte tenslotte niet uit, als het maar gezond was. Nog nooit eerder had ze een dergelijk cliché zo van toepassing gevonden.

Na het opmeten van haar bloeddruk, het controleren van haar urine en het bepalen van het ijzergehalte in haar bloed, stond Bianca even later buiten, nog steeds helemaal beduusd van wat ze te horen had gekregen. Ze had het gevoel alsof ze uit elkaar klapte met dat grote geheim in haar lichaam. Vijf maanden... Dat betekende dat de baby al over vier maanden geboren zou worden! Ze had dus nog maar vier maanden de tijd om een uitzet bij elkaar te krijgen, een kamertje in te richten en zich geestelijk voor te bereiden op het feit dat ze moeder werd.

Bij die laatste gedachte moest ze even gaan zitten op het bankje dat voor de hoofdingang van het ziekenhuis stond. Zij werd moeder. Wat bizar. Dat had ze een week geleden niet durven verzinnen. Ze diepte de foto's van de echo op uit haar tas en staarde lang naar de grijze vlekken. Dit was haar kind. Vreemd. Vijfenhalve maand geleden was er nog helemaal niets geweest en nu was het al helemaal compleet. Het hoefde alleen nog maar te groeien voordat het op de wereld zou komen. Van niets naar een compleet kind... Een beter bewijs dat het leven gewoon doorging was er niet, drong het ineens tot haar door.

De natuur trok zich niets aan van het feit dat Annemie er niet meer was, die ging gewoon verder. Misschien werd het voor haar ook tijd om weer vooruit te kijken. Sinds de dood van Annemie had ze geen enkele stap voorwaarts gemaakt. Ze woonde nog steeds thuis, had nog steeds dezelfde baan, ze was gestopt met de cursus die ze via haar werk deed en ze had niets constructiefs gedaan. Het enige wat ze de afgelopen achttien maanden had gedaan was ademen en proberen haar verdriet te vergeten door veel uit te gaan en te veel te drinken, met alle gevolgen van dien. Die gevolgen moest ze nu onder ogen zien, besefte ze. Er was geen keus meer. Van hier af aan moest ze verder, of ze wilde of niet. Het werd hoog tijd om haar leven weer op te bouwen. Als eerste moest ze woonruimte voor zichzelf en haar kind gaan zoeken. Waarschijnlijk zou dat wel een tijd duren, maar de tijd die ze nog bij haar ouders zou wonen kon ze gebruiken om alles weer op de rails te krijgen.

Als verdoofd wandelde ze in de richting van haar huis. Het was halfvier, ze hoefde voor de rest van de dag niet meer terug naar haar werk.

Emma zat op haar vaste plekje in de huiskamer. Ze bladerde door het trouwalbum dat ze voor hun dertigjarige huwelijksfeest hadden gekregen, zag Bianca. Het album waar de foto's van Dianne ruw uit waren gescheurd. Er lag een verdrietige blik in Emma's ogen.

'De avond waarop we dit album kregen was alles nog goed,' zei ze zonder enige inleiding toen Bianca de kamer betrad. Ze was niet eens verbaasd dat ze op zo'n raar tijdstip thuiskwam. Voor het eerst, nu ze haar eigen kind droeg, kon Bianca zich enigszins inleven in de gevoelens van haar moeder. Zij moest er nu al niet aan denken haar kindje kwijt te raken, terwijl ze een paar uur geleden nog had getwijfeld over een abortus.

'Het kan weer goed worden, mam,' zei ze dringend terwijl ze naast Emma ging zitten. Ze kon zich niet meer inhouden, ze moest haar nieuws met iemand delen. 'Het leven gaat door.'

'Dat is zo'n cliché-uitdrukking,' smaalde Emma.

'Nee, het is de realiteit. Niemand weet dat momenteel beter dan ik. Ik krijg een kind, mam.' Ze flapte het er zomaar uit. 'Ik kom net bij de gynaecoloog vandaan. Over vier maanden wordt het al geboren. Kijk.' Ze pakte de foto's en hield ze haar moeder voor, maar Emma maakte geen aanstalten om ze aan te pakken. Ze staarde haar dochter verbijsterd aan.

'Wat zei je?' vroeg ze ongelovig.

'Ik krijg een kind,' herhaalde Bianca. 'Kijk zelf maar. Dit zijn de eerste foto's van je aanstaande kleinkind. Het is al een echt mensje. Zie je wel dat het niet stopt? Alles draait gewoon door.'

'Je zegt het alsof je er trots op bent.' Emma negeerde de uitgestoken hand met de foto's. Haar ogen schoten vuur. 'Hoe kun je? Hoe kun je ons dit aandoen? Lijden we nog niet genoeg? Is het echt je bedoeling nog meer ellende binnen dit gezin te brengen?'

Er brak iets in Bianca bij deze harde reactie. Het medelijden dat ze even daarvoor nog voor haar moeder had gevoeld, sloeg om in woede.

'We praten over een kind, dat is geen ellende,' zei ze met een lage stem.

'Hoe wil je het dán noemen?' raasde Emma verder. 'Ga me niet vertellen dat je er blij mee bent. Je hebt niet eens een partner. Als je maar weet dat ik niet van plan ben om hiervoor op te draaien als jij moet werken. Ik vertik het om een veredelde oppasoma te worden.'

'Je bent helemaal geen oma,' gooide Bianca er uit. 'Je kijkt amper naar Stella om. Ieder ander zou een kleinkind als een troost beschouwen, maar jij wentelt je liever in zelfmedelijden. Het interesseert je geen moer dat je nog twee kinderen hebt die je ook nodig hebben. Wij hebben ook verdriet. Papa gaat eraan onderdoor, maar dat zie je niet eens. Het enige wat hier in huis telt zijn jouw gevoelens. Iedere poging tot een redelijk gesprek kaatst op je af, het enige wat jij nog doet is ruziemaken met mensen die het goed bedoelen. Er is helemaal niemand meer over, je hebt iedereen weggejaagd.'

Noodgedwongen stopte ze met praten omdat ze adem moest halen. Haar laatste woorden waren geëindigd in een snik. Emma staarde haar dochter aan alsof ze haar nog nooit gezien had.

'Hoe durf je dat te zeggen?' bracht ze uit.

'Het is de waarheid,' zei Bianca hard. 'Iedereen denkt er zo over, maar niemand durft het te zeggen uit angst voor je reactie. Niet onterecht, zoals nu blijkt.'

'Ga weg!' hijgde Emma. 'Ga alsjeblieft uit mijn ogen.' Met een bevende hand wees ze naar de deur. 'Ik laat me dit niet zeggen, door niemand.'

'O, word ik nu ook uit huis gezet?' vroeg Bianca sarcastisch. 'Net als Dianne, Bo en Vivienne? Ga zo door, mam, dan heb je straks helemaal niemand meer, want met jou is niet meer te leven.'

Met opgeheven hoofd verliet ze de kamer, maar eenmaal op de gang zakte ze in elkaar. Met een luid bonkend hart en trillende benen leunde ze tegen de gangmuur aan. Ze had kunnen weten dat haar moeder haar nieuws niet met gejuich zou ontvangen, maar dit scenario had ze nooit kunnen bedenken. Ze had in ieder geval wel gehoopt op hulp en steun. Als zelfs je eigen moeder je in dit soort situaties niet opving, wie dan wel? Ze was zesentwintig, maar voelde zich op dat moment een zestienjarige. Wat moest ze doen? Waar kon ze heen? Hier zou ze geen dag langer blijven, dat was zeker.

Automatisch liep ze naar haar eigen kamer, waar ze wat kleren en toiletartikelen in een grote tas gooide. Ze moest weg voordat de situatie nog verder uit de hand zou lopen. Er was al te veel gezegd, van beide kanten. In de huiskamer hoorde ze haar moeder huilen, maar dat negeerde ze. Ze koesterde geen enkele illusie dat haar moeder huilde vanwege hun ruzie. Emma huilde alleen om Annemie, haar andere kinderen waren niet meer belangrijk. Zacht sloot ze de buitendeur achter zich en zo snel mogelijk liep ze de straat uit.

Eenmaal om de hoek bleef ze staan. Wat nu? Met haar collega's ging ze niet privé om, ze wist niet eens waar ze woonden. Bij haar kroegvrienden hoefde ze niet met haar problemen aan te komen, dat zag ze duidelijk in. Die waren alleen goed om avonden lang mee door te zakken en oppervlakkige dingen mee te bespreken. Vivienne was nog maar net bij Peter ingetrokken en in die kleine flat was amper ruimte voor twee personen, laat staan voor drie. Misschien zou ze een poosje bij Bo terechtkunnen. Haar zolderkamer was weliswaar ook niet groot, maar met een beetje behelpen moest het te doen zijn. Daar liep ze in ieder geval niet een verliefd stel in de weg. Bianca betwijfelde of Bo haar zou willen helpen nadat ze haar min of meer had laten vallen. Sinds Emma haar de deur gewezen had, had Bianca geen contact meer met haar opgenomen. Veel keus had ze echter niet.

Bij het huis aangekomen waar Bo de zolderkamer van bewoonde, wachtte haar echter een onaangename verrassing. De deur werd geopend door een nonchalant geklede jongeman met een ongeschoren gezicht.

'Bo? Die woont hier niet meer,' deelde hij haar mee. 'Geen idee waar ze naartoe is gegaan, op een dag was ze ineens vertrokken. Er woont nu een ander op de zolder.'

Bianca bedankt hem voor de informatie en draaide zich om. Haar enige mogelijkheid was nu nog degene die al direct in haar hoofd was opgekomen, maar die ze had verworpen. Toch richtte ze haar schreden die kant op. Had Dianne tenslotte niet gezegd dat ze haar altijd wilde helpen?

Dianne deed zelf open. Bianca leunde doodmoe tegen de deurpost aan, haar tas stond op de grond.

'Mag ik binnenkomen?' vroeg ze kleintjes. 'Ik kan nergens anders heen.'

Dianne aarzelde geen moment. Wijd hield ze de deur open, zodat Bianca langs haar heen naar binnen kon. Zelf pakte ze de zware tas van de grond. 'Natuurlijk,' zei ze hartelijk.

17

'Ze is weg en dat is mijn schuld!' Huilend klampte Emma zich aan Leo vast. Hij was geschrokken naar binnen gesneld toen hij haar bij zijn thuiskomst zo wanhopig had horen snikken. In de afgelopen anderhalf jaar had hij zijn vrouw in vele stemmingen gezien, van razend tot intens verdrietig, maar deze wanhoop was nieuw voor hem. Het was alsof er een dam doorgebroken was. Emma leek niet meer op te kunnen houden met huilen en slechts met de grootste moeite wist Leo wijs te worden uit het onsamenhangende verhaal dat ze hield.

'Bianca is zwanger!' herhaalde hij verbijsterd. 'Hoe kan dat? Ik wist niet eens dat ze een vriend had.' Terwijl hij dat zei realiseerde hij zich hoe hij tekort was geschoten als vader. Hij zou toch de eerste moeten zijn om te weten of zijn dochter wel of geen partner had, maar hij had geen flauw benul van haar leven op dat moment. Ze was weinig thuis, dat was het enige zinnige wat hij erover kon zeggen. 'Waar is ze nu?' vroeg hij.

'Dat probeer ik nou juist te zeggen. Ze is weg.' Eindelijk stopte het jammeren enigszins, al bleven de tranen onverminderd over Emma's wangen rollen. 'Ik heb haar weggejaagd. Ze is woedend op me. En terecht. Ik heb haar in de steek gelaten.'

'Dat zal wel meevallen,' meende Leo automatisch. Ondertussen tolden de verwarde gedachten rond in zijn hoofd. Bianca was zwanger, Bianca was weg. Wat was er in vredesnaam allemaal gebeurd? Hij bemoeide zich al heel lang niet meer met alles wat zich binnen dit huis afspeelde. Duidelijker dan ooit zag hij nu in hoe fout hij daarin geweest was. Bij dit nieuwe drama binnen hun gezin mocht hij zich niet langer afzijdig houden, dat was zeker. Hij stond op en vulde een glas water, dat hij Emma aanreikte. Tegelijkertijd veegde hij onhandig met een zakdoek over haar gezicht.

'Vertel nu eens rustig en in chronologische volgorde wat er precies gebeurd is,' verzocht hij nadat Emma hikkend het glas had leeggedronken en wat kalmeerde.

Zonder iets weg te laten deed ze hem het hele relaas. Leo's gezicht versomberde. Dit klonk inderdaad wel heel ernstig. Als Bianca in een dergelijke toestand het huis halsoverkop had verlaten, kon er van alles met haar gebeuren. Hij durfde daar niet eens verder over na te denken. Daarbij geteld het feit dat ze zwanger was, ongepland, gaf hem genoeg redenen om zich zorgen te maken. Als ze maar geen gekke dingen deed, dacht hij radeloos. Hij probeerde zijn angst niet aan Emma te laten merken, maar haar gedachten waren dezelfde kant al opgegaan. Wanhopig klemde ze zich aan hem vast.

'Als haar maar niets overkomt,' fluisterde ze. 'Ze loopt daar ergens in haar eentje rond te dolen buiten, met al die problemen. Als ze maar niet...'

'Houd op!' onderbrak Leo haar ruw. 'Dat doet Bianca niet.'

'Ze was er wanhopig genoeg voor,' ging Emma echter verder. 'O Leo, ik ben bang! Zo ontzettend bang! Ik kan het niet aan om nog een kind te verliezen. En als het nu misgaat is het mijn schuld. Ik heb haar de straat opgejaagd toen ze me het hardste nodig had. Wat ben ik voor een moeder?'

'Je moet jezelf niet zo hard vallen,' probeerde Leo haar te bemoedigen.

'Bianca had gelijk met alles wat ze zei. Ik heb het al

die tijd niet in willen zien, maar ze hadden allemaal gelijk. Door mijn verdriet om het kind dat ik verloren ben, vergat ik dat mijn andere kinderen nog leven. Ik ben een waardeloze moeder geweest,' zei Emma vol zelfverwijt. Driftig veegde ze nieuwe tranen van haar gezicht.

Leo trok haar tegen zich aan. Zijn gezicht was diep gegroefd van het verdriet dat hij meedroeg, toch was er ook een sprankje hoop in zijn ogen te lezen. Nu Emma dat eindelijk had ingezien kwam alles misschien toch nog goed voor hun gezin, dat lange tijd uit elkaar dreigde te vallen. Zijn hart ging uit naar zijn vrouw, die het zo zwaar had. Ondanks alles was hij nooit gestopt met van haar te houden. Hij had al die tijd gehoopt dat zijn eigen, lieve, warme vrouw weer eens tevoorschijn zou komen onder dat harde masker. Hoewel hij zelf ook niet schuldloos was, moest hij toegeven. Hij had zich teruggetrokken in zichzelf en had alles laten gebeuren zonder er iets tegen te doen. Na enkele vergeefse pogingen in die richting had hij het opgegeven en met die houding had ook hij zijn kinderen in de steek gelaten. Waarom hadden ze dat niet eerder ingezien?

'Bianca en Arnoud zullen daar ongetwijfeld begrip voor hebben,' zei hij schor. 'We weten allemaal hoe moeilijk je het hebt. Er is niets wat niet opgelost kan worden met een goed gesprek.'

'Als het daar tenminste niet te laat voor is.'

Met dezelfde angst in hun ogen keken ze elkaar aan. Zonder het echt uit te durven spreken wisten ze beiden waar de ander aan dacht.

'Ik ga haar bellen,' zei Leo kort terwijl hij de telefoon van tafel greep.

'Dat probeer ik al een uur. Ze neemt niet op.'

Ondanks die weinig bemoedigende mededeling toetste hij toch het mobiele nummer van Bianca in. Na enkele seconden kreeg hij echter het bandje van haar voicemail te horen en met een moedeloos gebaar drukte hij de telefoon uit.

'Ze neemt niet op. Ik ga Vivienne bellen. Als ze daar ook niet is, weet ik niemand anders meer. Ik heb geen idee met wie ze verder nog omgaat. Onze wereld is zo klein geworden.'

Hij zei het zonder enig verwijt in zijn stem, toch voelde Emma zich schuldig. Dit nieuwe drama was volledig aan haar te wijten, daar was ze zich van bewust.

Vivienne, net thuis uit haar werk, nam gelukkig wel op. Ze reageerde verbaasd op het feit dat Leo haar belde, want ze had al een halfjaar geen contact meer gehad met haar tweede ouders, zoals ze hen in gedachten bleef noemen. Haar verbazing sloeg om in ongerustheid toen Leo haar kort uitlegde wat er aan de hand was en ten slotte vroeg of Bianca soms bij haar was.

'Nee. Ik heb haar al ruim een week niet gesproken,' antwoordde ze. 'Misschien is ze naar Bo toe gegaan.'

'Dat kan ik me nauwelijks voorstellen, maar ik kan het in ieder geval proberen,' zei Leo vermoeid. Hij schudde moedeloos zijn hoofd tegen Emma, die hem gespannen aankeek.

'Ik bel haar wel,' bood Vivienne aan. 'Nemen jullie een bak koffie en probeer wat tot rust te komen. Ik zal wel wat rondbellen en ik neem meteen contact op als ik iets weet.'

Ze verbrak de verbinding en wendde zich tot Peter.

'Bianca is weg,' viel ze met de deur in huis. 'Ze schijnt zwanger te zijn en is er na een ruzie met haar moeder daarover vandoor gegaan. Emma en Leo zijn in alle staten.'

'Daar kan ik me iets bij voorstellen,' zei Peter hoofdschuddend. 'De drama's stapelen zich wel op daar. Heb jij enig idee waar ze kan zijn?'

'Ik hoop dat ik het weet. Als ik gelijk heb, komt er misschien toch nog iets goeds voort uit deze hele toestand,' zei Vivienne, haar telefoon weer oppakkend.

'Je bedoelt Dianne?' begreep Peter. Hij trok zijn wenkbrauwen hoog óp en keek haar sceptisch aan. 'Denk je dat echt?'

'Ze zijn elkaar niet zo lang geleden tegengekomen, heb ik van Dianne gehoord. Misschien is dat net het duwtje dat Bianca nodig had om naar haar toe te gaan. Ik heb vaker gemerkt dat ze haar mist en graag eens met haar wilde praten, ze wilde het alleen nooit toegeven. Ik ga haar in ieder geval bellen.'

Tijdens het gesprek met Dianne knikte ze opgetogen naar Peter. Haar eerste ingeving was dus juist geweest, Bianca had zich in haar nood tot haar oude vriendin gewend. Na een kort gesprek verbrak ze de verbinding, om direct Leo terug te bellen.

'Ze zit bij Dianne,' viel ze met de deur in huis. 'Jullie hoeven je geen zorgen te maken, alles is goed met haar.'

'Wat?' reageerde Leo verbijsterd. Die mogelijkheid was geen seconde in zijn hoofd opgekomen. Dianne werd sinds lang doodgezwegen in hun huis. 'O, bedankt,' stotterde hij.

Emma keek hem verwachtingsvol aan. 'Is ze terecht? Zeg iets, Leo.'

'Ze zit bij Dianne,' herhaalde hij woordelijk wat Vivienne gezegd had. Het ongeloof daarover klonk nog door in zijn stem.

'Bij Dianne.' Emma liet zich terugzakken op de bank. Ze staarde wezenloos voor zich uit. 'Is dat niet ironisch?' zei ze toen. 'Bij Dianne. Daarnet dacht ik nog bij mezelf dat ik heel dankbaar zou zijn als iemand Bianca nu opgevangen had. Dat het juist Dianne moet zijn... Ik moet haar dus dankbaar zijn voor het redden van mijn ene dochter terwijl ze mijn andere dochter de dood in gereden heeft.' Ze begon bijna hysterisch te lachen.

'Houd daarmee op!' gebood Leo haar streng. Hij pakte haar bij haar schouders en schudde haar heen en weer, direct daarna nam hij haar in zijn armen. 'Probeer alleen dankbaar te zijn, zonder andere gedachten. Dankbaar voor het feit dat je ruzie met Bianca niet heel erg dramatisch afgelopen is. Dankbaar dat het goed met haar is.'

'Dat ben ik ook.' Emma begon te snikken. 'Maar het is zo dubbel. Hè, waarom is ze niet gewoon naar Bo toe gegaan?' zei ze onlogisch.

'Op Bo ben je ook kwaad,' hielp Leo haar fijntjes herinneren. 'Evenals op Vivienne. En op Arnoud en Melanie, omdat ze niet weer een herdenking willen houden op Annemie's verjaardag.'

Emma beet op haar lip. Zoals Leo het stelde klonk het wel heel cru. 'Maar Dianne, juist Dianne.'

'Wat er gebeurd is kan nooit meer ongedaan gemaakt worden, maar vind je niet dat zij daar heel erg hard voor gestraft is?' zei Leo zacht. 'Ze heeft een fout gemaakt met onherstelbare gevolgen, aan de andere kant heeft ze ons nu voor een ander drama behoed door Bianca te helpen, vergeet dat niet. Wie weet hoe het afgelopen zou zijn als ze Bianca de deur gewezen had.'

Emma luisterde stil naar zijn betoog. Ze was de afgelopen uren door zoveel emoties heen gegaan dat ze niet eens meer de kracht had om hier tegenin te gaan. Misschien wilde ze er ook niet tegenin gaan, zei een heel klein stemmetje in haar hoofd. Misschien had Leo wel gewoon gelijk. Het was vandaag wel bewezen dat het tijd werd dat ze het verleden achter zich liet, voordat haar hele gezin ontwricht zou raken. Ze moest het los zien te laten. Maar hoe? Met wanhoop in haar ogen keek ze naar het schilderij van Annemie. Hoe kon ze dat?

'We hebben allemaal fouten gemaakt,' ging Leo verder. 'De enige manier om de puinhoop goed op te ruimen is door alles achter ons te laten en opnieuw te beginnen. Helemaal opnieuw. Laten we blij zijn met Bianca's kindje, zonder haar verwijten te maken. Laten we meer aandacht aan Stella geven, ons kleinkind. Sta weer open voor de mensen om je heen. Alle mensen. Praat met Bo en Vivienne. Praat met Dianne.'

'Ik dacht dat jij haar ook nooit meer wilde zien,' zei Emma zacht.

'In eerste instantie zeker niet. Toen die agent me vertelde dat ze te veel gedronken had, had ik haar met liefde kunnen wurgen, maar na die eerste schok ben ik daar genuanceerder over gaan denken. Dianne is nooit een onverantwoordelijk persoon geweest en ik heb nog nooit gemerkt dat ze te veel dronk. Ik weet niet wat haar bezield heeft die ene avond, ik weet echter wel dat dit nooit haar bedoeling is geweest. Waarschijnlijk heeft zij nog meer geleden onder Annemie's dood dan wij.'

'Je hebt me nooit verteld dat jij daar zo over dacht.'

'Lieverd, ik heb nooit de kans gekregen.' Dat klonk verrassend nuchter in dit zware gesprek. 'Als iemand ook maar dreigde iets over Dianne te zeggen flipte jij al. Dus hield ik mijn mond en hoopte ik dat je zelf ooit tot bezinning zou komen.'

'Dat is gebeurd, maar wel bijna te laat,' zei Emma somber.

Leo draaide haar gezicht naar zich toe en keek haar diep in de ogen. 'Met de nadruk op bijna, vergeet dat niet. Het is niet helemaal te laat, gelukkig niet. En dat hebben we voor een groot deel aan Dianne te danken. We moeten met haar praten.'

'Ik weet niet of ik dat aankan.'

'O jawel.' Zijn stem klonk beslist. Ook Leo's ogen gleden nu naar het grote schilderij. Vanaf haar plekje aan de muur keek Annemie hen lachend aan. Zijn hart huilde, maar zijn ogen bleven droog. 'Want het is wat Annemie gewild zou hebben.'

Vivienne stapte meteen op haar fiets en reed naar Dianne. Er was geen sprake van onwennigheid nu ze voor het eerst sinds anderhalf jaar bij elkaar zaten, ze begonnen te praten zoals ze dat altijd gedaan hadden.

'Vertel,' eiste Vivienne. Met een grote thermoskan koffie zaten ze om de tafel heen. 'Ik hoor zulke wilde verhalen over je. Klopt het dat je zwanger bent?'

Als antwoord legde Bianca de foto's van de echo op tafel. 'Vijf maanden.'

Vivienne slaakte een kreet. 'Waarom heb je dat niet gezegd?'

'Ik weet het zelf nog maar net. Vanmiddag ben ik bij de gynaecoloog geweest en die heeft een echo gemaakt waaruit bleek dat ik al over de helft ben. Ik wist niet wat ik hoorde.'

'Ben je niet heel erg geschrokken?' vroeg Dianne. Ze bestudeerde aandachtig de foto's. Wat een vreemd idee dat dit het kindje van Bianca was.

'Nogal ja. Ik dacht zelf dat het een week of zes was en had al half en half besloten tot een abortus. Kijk maar niet zo vreemd naar me, ik zag gewoon even geen andere oplossing. Alleen al de gedachte dat ik mijn moeder moest vertellen dat ik zwanger ben.' Haar gezicht versomberde. 'Niet onterecht, zoals is gebleken.'

'Je ouders trekken heus wel bij,' troostte Vivienne haar. 'Die zijn alleen maar dolblij dat je veilig bent, want ze waren erg ongerust over je.'

'Dat kan ik me nauwelijks voorstellen,' zei Bianca bitter. 'Ze weten amper nog dat ik besta. Waarschijnlijk merken ze het niet eens als ik nooit meer thuis kom.'

'Je overdrijft en dat weet je zelf ook wel,' zei Vivienne kalm.

'Jij hebt mijn moeder niet gezien vanmiddag.'

'Ik heb je vader gesproken, dat zei me genoeg.'

'Tjonge, heeft hij gepraat? Dat is lang geleden,' merkte Bianca sarcastisch op, in een poging haar ware gevoelens te verbergen. Ze pakte de thermoskan en schonk zichzelf nog een kop koffie in. Nerveus trommelde ze met haar vingers op het tafelblad. Ze verlangde naar een sigaret, maar vanwege de baby zag ze daarvan af. De verantwoording voor dit kleine wezentje drukte zwaar op haar.

De deurbel weerklonk en Dianne stond op. 'Dat zal Julian zijn. Hij zal wel opkijken als hij de laatste verwikkelingen hoort.'

Verwachtingsvol opende ze de deur, ze verstarde echter toen ze zag wie er op haar stoep stonden. Ze had niet verwacht deze mensen ooit nog te zien.

'Dag Dianne,' zei Leo uiterlijk kalm, maar inwendig trillend van spanning. Ondanks al zijn beweringen eerder die avond, die hij overigens oprecht gemeend had, viel het toch niet mee om tegenover haar te staan. Hij kon niet nalaten te denken dat hun levens er heel anders hadden uitgezien als zij die bewuste avond niet met Annemie op stap was gegaan. 'We willen graag met Bianca praten. Mogen we binnenkomen?'

'Eh, ja. Natuurlijk,' hakkelde Dianne. 'Kom erin.' Ze deed een stap opzij en liet hen binnen. Emma keek haar niet aan, ze mompelde slechts een kort 'dankjewel'. Terugdenkend aan de laatste keer dat ze haar gezien had, vond Dianne dat al heel wat. Haar hart bonsde in haar keel bij deze onverwachte confrontatie met de mensen die ooit heel belangrijk voor haar waren geweest. Omdat ze bevangen werd door een duizeling moest ze snel gaan zitten. De chaos, veroorzaakt door hun komst, zou compleet zijn als zij nu flauw zou vallen, kon ze nuchter denken.

Bianca kwam half overeind bij het zien van haar ouders. Zowel hoop als kwaadheid waren van haar gezicht af te lezen.

'Wat komen jullie doen?' vroeg ze onwillig.

'We komen je halen,' antwoordde Leo rustig.

'Het spijt me,' zei Emma tegelijkertijd. 'Meer dan ik je ooit duidelijk kan maken. Kom alsjeblieft gewoon weer mee naar huis. Laten we proberen de draad weer op te pakken.'

'Ik weet niet of dat nog gaat,' antwoordde Bianca. 'Er is zoveel gezegd en gebeurd.'

'We kunnen er op z'n minst over praten, als volwassenen onder elkaar,' meende Leo. 'We zijn er al achter dat er grove fouten zijn gemaakt, lieverd. Door ons allemaal. De klok terugdraaien is helaas niet mogelijk, maar opnieuw beginnen moet lukken als we er allemaal ons best voor doen.'

Bianca beet op haar lip en knikte langzaam. 'En mijn kindje?' vroeg ze toen.

'Dat is meer dan welkom,' zei Emma eenvoudig.

Iets beters had ze niet kunnen zeggen op dat moment, het was precies het duwtje dat Bianca nodig had. Langzaam brak er een lach door op haar smalle gezicht. Ze durfde het bijna niet te geloven, maar dit klonk alsof haar oude moeder weer terug was, de moeder waar ze zoveel van hield.

'Oké, ik ga mee,' zei ze dan ook. Ze liep op Dianne toe en omhelsde haar. 'Geweldig zoals jij voor me klaarstond, na alles,' fluisterde ze in haar oor. 'Dat zal ik nooit vergeten.'

'Daar zijn we vriendinnen voor,' zei Dianne eenvoudig. 'Houd je taai, meid. Ik denk dat alles wel goed komt voor jou.'

Emma was op Vivienne toegelopen.

'Viev, ik... Die ruzie...,' begon ze.

'Laat maar,' zei Vivienne snel. 'Daar praten we niet meer over. Ik kom snel weer een keertje buurten bij jullie, goed?'

'Je bent altijd welkom,' verzekerde Leo haastig.

Emma knikte alleen maar. De brok in haar keel maakte het haar moeilijk om te praten, maar meer woorden waren ook niet nodig op dat moment. Onder echte vrienden hoefde dat niet. Er restte haar nog slechts één ding. Ze draaide zich om naar Dianne, die nog steeds met bibberende knieën op de bank zat.

'Dank je wel dat je Bianca opgevangen hebt,' zei ze moeizaam. Het klonk niet echt overtuigend, maar dat nam niemand haar kwalijk. Ze zei het, daar ging het om. Iedereen begreep wat een enorme barrière Emma had moeten nemen om dit uit haar mond te krijgen. Het was in ieder geval een begin, een eerste, aarzelende stap op weg naar verzoening.

17

'Hij lijkt op Annemie.' Ontroerd keek Dianne naar de baby in haar armen. Bianca's zoon, net een dag oud.

Bianca lag te stralen in het ziekenhuisbed. Omdat ze een zeer zware bevalling achter de rug had, had de gynaecoloog het beter gevonden dat ze nog een dagje bleef, al voelde ze zich energieker dan ooit. Niemand die haar zo zag zou vermoeden wat een heftige nacht ze achter de rug had.

'Ja hè? Dat dacht ik ook meteen toen ik hem zag, maar ik was bang dat ik het me verbeeldde,' zei ze. 'Ik noem hem Thijmen.'

'Thijmen? Wat een aparte naam.'

'Annemie vond deze naam mooi, vandaar. Zij heeft altijd geroepen dat ze haar kind Thijmen zou noemen als ze ooit een zoon zou krijgen.' Bianca trok een grimas. 'Hè bah, ik begin op mijn moeder te lijken. Zelfs de geboorte van mijn zoon betrek ik op Annemie.'

'Ze blijft er ook gewoon bij horen,' meende Dianne. Uiterst voorzichtig legde ze de baby terug in Bianca's armen, net op het moment dat Vivienne met een grote bos bloemen de ziekenkamer betrad.

'Hoho, mijn beurt om hem vast te houden,' riep ze vrolijk. 'O Bianc, wat een schatje!'

'Ik heb er dan ook genoeg moeite voor moeten doen.'

'Maar het resultaat mag er zijn. Hoe voelt dat nou?' Vivienne kon haar ogen niet van de kleine Thijmen afhouden.

'Plannen in die richting?' grijnsde Dianne.

'Ooit wel, ja. Voorlopig wil ik eerst mijn opleiding afmaken, zodat ik mezelf officieel edelsmid mag noemen, maar daarna... Wie weet. We denken nog maar niet zo ver vooruit, als ik dit zie gaan mijn eierstokken echter wel rammelen,' lachte Vivienne. Ze trok een stoel bij het bed en ging zitten. 'En nu?' vroeg ze toen serieus. 'Wat ga je verder doen?'

'Voorlopig eerst lekker moederen,' antwoordde Bianca. 'Het tijdstip waarop ik weer aan het werk moet lijkt nu nog heel ver weg. Als ik dan nog geen plekje op de crèche heb voor hem, past mijn moeder voorlopig op. En dan verhuizen, zoals jullie weten. Nog een halfjaar, dan krijg ik de sleutel.'

Even viel er een beladen stilte na die opmerking. Ze dachten alle drie terug aan de vorige keer dat Bianca dit gezegd had, bijna twee jaar geleden. Er was heel wat gebeurd sindsdien.

'Fijn voor je,' zei Dianne hartelijk om de stilte te verbreken. 'Ik weet zeker dat het je gaat lukken. Dit kleintje heeft in ieder geval twee verwentantes waar je altijd terechtkunt. Ik hoop dat ik snel een keer op mag passen.'

'Vaker dan je lief is waarschijnlijk,' zei Bianca met een grijns. Liefkozend streek ze over het kleine wangetje. 'Het zal niet altijd meevallen. Ik heb heel wat goed te maken aan Thijmen, want hij zal nooit weten wie zijn vader is. In ieder geval zal ik zo goed mogelijk mijn best doen om een goede moeder voor hem te zijn en eerlijk te zijn.'

'Jij wordt een supermoeder,' wist Vivienne. 'Als ik alleen al kijk hoe jij je leven weer hebt opgepakt sinds je hoorde dat je zwanger was, daar heb ik alle bewondering voor.'

'Voor die tijd maakte ik er anders een aardig zooitje van.'

'Daar waren verzachtende omstandigheden voor.'

Opnieuw kierde de deur open, nu waren het Emma en Leo die binnenkwamen. Emma was bij de bevalling aanwezig geweest. Pas vanochtend vroeg had ze het ziekenhuis verlaten om een paar uur te gaan slapen, maar bij het wakker worden had ze niet kunnen wachten om terug te gaan en haar kleinzoon te bewonderen. Dianne hield zich een beetje op de achtergrond bij alle drukte rondom het bed. Ze had er nog steeds moeite mee om Leo en Emma onder ogen te komen. Ze hadden elkaar in de loop der maanden een paar keer gezien en er was een lang gesprek geweest waarin iedereen zijn gevoelens open op tafel had gelegd. Emma had er moeite mee om Dianne los te zien van de dood van haar dochter, daar was ze heel eerlijk in geweest. Dianne kon daar overigens alle begrip voor opbrengen. Zij zou waarschijnlijk nooit helemaal loskomen van haar schuldgevoel. De band tussen hen zou dan ook nooit meer zo hecht worden als vroeger, maar in ieder geval konden ze in één ruimte verblijven zonder dat de emoties al te hoog opliepen.

Emma stond inmiddels met Thijmen in haar armen.

'Mag ik zeggen dat hij op Annemie lijkt?' vroeg ze voorzichtig.

Bianca knikte haar hartelijk toe. 'Wees maar niet bang dat we je direct weer gaan beschuldigen dat je geobsedeerd bent. Dianne en ik hadden dat ook al geconstateerd. Nietwaar Dian?'

'Het viel me direct op, ja,' zei Dianne moeizaam.

'Een mooie bijkomstigheid, maar niet het belangrijkste,' zei Leo. Hij zond een waarschuwende blik naar zijn vrouw. 'Dit mannetje moet zichzelf kunnen zijn.'

Emma reageerde daar niet op. Ze keerde zich om naar Dianne. 'Het is mooi jongetje, hè?' zei ze. Dit was de eerste keer dat ze uit zichzelf rechtstreeks het woord tot Dianne richtte. Iedereen in de kamer leek gespannen de adem in te houden. Er werd niets gezegd.

'Het is een prachtkind,' gaf Dianne toe. Ze slikte.

'Zo'n geboorte is een wonder,' ging Emma peinzend verder. 'Een baby verbindt mensen met elkaar. Weet je dat Leo en ik in therapie zijn?'

'Nee,' antwoordde Dianne van haar stuk gebracht. Die opmerking kwam zo onverwachts.

Emma knikte. 'Sinds een paar maanden. Ik heb daar al heel wat geleerd. Ik weet niet of ik er ooit echt overheen kan komen, maar ik weet wel dat ik in mijn verdriet veel verkeerde dingen heb gedaan en gezegd. Annemie ben ik door de dood verloren, maar door mijn gedrag ben ik bijna alle andere mensen die ik liefhad verloren aan het leven. Jij hebt ook altijd tot die mensen behoord. Het zal nooit meer worden als vroeger, Dian, maar ik ben je wel dankbaar voor wat je voor Bianca hebt gedaan. Ondanks alles heb jij je een ware vriendin getoond terwijl je zelf in de moeilijkste tijd van je leven alleen was. Dat vind ik knap en dat wilde ik je toch even zeggen.'

'Dank je wel,' mompelde Dianne verlegen. Meer hoefde ze niet van Emma te verwachten, maar hier was ze al heel erg blij mee. Ze had zelfs nooit verwacht dat ze dit punt zouden bereiken na die fatale avond. Ze moest moeite doen om niet te gaan huilen. Manmoedig slikte ze haar tranen weg, totdat ze zag dat Bianca begon te huilen, toen hield ze het niet meer droog. Zelfs Leo pinkte even snel een traantje weg. Het waren tranen van geluk én verdriet, allebei rijkelijk vertegenwoordigd in de kille ziekenhuiskamer.

Bo keek verstoord op toen haar telefoon begon te piepen als teken dat er een bericht voor haar was. Ze was net verdiept in een moeilijk rapport en wilde dat graag afmaken. Haar nieuwsgierigheid won het echter en snel pakte ze haar telefoon om het bericht te lezen. Verbaasd keek ze naar de woorden op het schermpje. Bianca had een zoon gekregen? Bo had er zelfs geen flauw benul van gehad dat haar nichtje zwanger was. Sterker nog, ze wist helemaal niets af van een vriend. Ze besefte hoe ver ze van elkaar af waren gegroeid in de afgelopen tijd. Haar familie wist niet eens waar ze woonde of wat voor werk ze tegenwoordig deed. Fronsend bleef ze even zo zitten, met de telefoon in haar handen. De periode van het quintet stond haar ineens weer levendig voor ogen. Ondanks de vriendschap met de andere vier vrouwen was het voor haar geen prettige tijd geweest. Ze doolde toen nog maar wat rond, zonder doel in haar leven, zonder een normale baan en zonder idealen. Ze verlangde er in ieder geval niet naar terug, al had het contact met haar familie haar veel goeds gebracht. Zonder die periode was ze nooit gekomen waar ze nu was, dat besefte ze maar al te goed. Ze had veel van hen geleerd. De behoefte om de banden weer aan te halen voelde ze echter niet. Dat was geweest. Ze kon niet anders doen dan een berichtje terug sturen met een felicitatie, maar een belofte om snel op kraambezoek te komen liet ze achterwege. Het verleden was voorbij, zij richtte haar blik op de toekomst.

'Bo, hoever ben je met dat rapport?' Uit het niets stond haar chef ineens achter haar. Snel stopte ze haar telefoon terug in haar tas.

'Bijna klaar. Sorry, ik kreeg een bericht binnen waar ik op moest reageren.'

'Daar hoef je je niet voor te verontschuldigen,' zei

haar chef vriendelijk. 'Zolang het niet ten koste gaat van je werk zul je mij daar niet over horen. We zijn uiterst tevreden over je, Bo. Dat mag wel eens gezegd worden.'

Met een knikje liep hij weg. Bo keek hem glimlachend na voor ze haar aandacht weer op de papieren op haar bureau richtte. De gedachte aan het quintet was alweer vervaagd.

'Verrassing!' Zodra Vivienne over de drempel stapte hield Peter met een triomfantelijk gezicht een grote envelop omhoog.

'Wat dan?' Ze deed een uitval naar de envelop, maar hij hield hem plagend buiten haar bereik. 'Eerst je jas uit, dan schenk ik een wijntje voor ons in en dan vertel ik het pas.'

'Schiet dan maar heel snel op met die wijn. Je zou moeten weten hoe nieuwsgierig ik ben,' bromde Vivienne. Ze gooide haar jas op een stoel en ging zitten.

'Daarom doe ik rustig aan, daar leer je van,' plaagde hij. Ondanks die woorden ging hij naast haar zitten en overhandigde haar plechtig de envelop. Vivienne ritste hem meteen open. Niet-begrijpend keek ze naar de folder die eruit kwam, met een foto van een fraaie eengezinswoning op de voorkant.

'Ons nieuwe huis,' flapte Peter eruit. Hij kon het nieuws onmogelijk nog langer voor zich houden. 'Het is hier vlakbij, aan de andere kant van het park. Het heeft vijf kamers, een badkamer met tweede toilet, een vliering en een garage. En een keuken natuurlijk.'

'Hoe kan dat nou?' Met grote ogen keek Vivienne van de foto naar Peter. 'Je gaat me toch niet vertellen dat je achter mijn rug om een huis gekocht hebt?'

'Natuurlijk niet. Dit huis is van ons bedrijf. Ze hebben het destijds gekocht omdat we tijdelijk een manager uit het buitenland kregen die huisvesting moest hebben. Die man gaat volgende maand terug en het huis komt in de verhuur. Ik was de eerste die reageerde op de advertentie in ons personeelsblad,' vertelde Peter.

'Dus het is echt waar? Je neemt me niet in de maling?' informeerde Vivienne voor de zekerheid.

'Over zoiets zou ik geen grapjes maken,' verzekerde hij haar. 'Over drie weken krijgen we de sleutel. Voor zover ik weet hoeft er niet veel aan opgeknapt te worden, maar behangen en verven moet natuurlijk altijd gebeuren. Ik denk dat we over twee maanden kunnen verhuizen.'

'Wat fantastisch!' Vivienne begon te stralen. Spontaan viel ze hem om de hals. 'Ons eigen huis. Ik kan het maar amper geloven.'

'Een huis met kinderkamers,' zei Peter met een knipoog. 'Dan kan Thijmen ook eens komen logeren.'

Gelukzalig leunde Vivienne tegen hem aan. Haar leven was in korte tijd wel veranderd. Nog niet zo lang geleden was ze een single verkoopster geweest met een klein flatje. Nu was ze sieradenontwerpster, edelsmid in opleiding, had ze een relatie met Peter en zou ze binnenkort zelfs in een echt huis gaan wonen. Een huis met een tuin en genoeg ruimte voor eventuele toekomstige kinderen. Het leven lachte haar toe, hoewel de dood van Annemie haar een flinke wond had toegebracht. Haar ogen dwaalden naar de grote foto op het bijzettafeltje. Annemie staarde haar lachend aan. Het deed nog steeds pijn, al schrijnde het niet meer zo erg als in het begin. Vivienne nam het geluk in haar leven niet meer zo vanzelfsprekend als vroeger. Té goed wist ze hoe snel het kon omslaan. In een enkele seconde kon iemands wereld volledig instorten. Die gedachte deprimeerde haar echter niet. Integendeel zelfs, het had haar geleerd zo veel mogelijk van het hier en nu te genieten. En als er ooit een moment was om te genieten was het nu wel.

Voor de allereerste keer legde Bianca Thijmen in zijn eigen bedje. Van nu af was dit kleine mannetje onlosmakelijk verbonden met haar. Een vreemd, onwerkelijk, enigszins benauwend, maar vooral heerlijk gevoel. De komende maanden had ze nog volop hulp van haar ouders, daarna moest ze het alleen doen. Hoewel ze natuurlijk altijd voor haar zouden klaarstaan, dacht ze. Ook als ze straks, met Thijmen, in haar eigen flat zou wonen. Het was fijn om die zekerheid weer te hebben. Thijmen was met open armen ontvangen door Emma en Leo. Hij sliep nu in het bedje waar Arnoud, Bianca en Annemie vroeger ook in hadden geslapen. Het was al die jaren bewaard gebleven op zolder en Leo had het twee maanden geleden tevoorschijn gehaald en opnieuw geverfd. Het was Emma geweest die had voorgesteld om Annemie's vroegere kamer als babykamer te gaan gebruiken.

'Zolang jullie hier wonen wordt het dan Thijmens kamertje en als je straks verhuisd bent kan het gebruikt worden als logeerkamer wanneer hij of Stella eens bij ons slapen,' had ze gezegd.

'Weet je dat heel zeker?' vroeg Leo. 'We hebben het wel over de kamer van Annemie.'

'Een mooiere bestemming weet ik er niet voor,' had Emma daar eenvoudig op gezegd.

Het was, vooral voor haar, een enorme stap geweest in het verwerkingsproces. Alle spullen van Annemie werden zorgvuldig uitgezocht. Alles wat ze wilden bewaren werd opgeborgen op zolder of kreeg een ander plekje in huis, de rest werd aan een goed doel geschonken. Met een nieuw behangetje op de muren en een fris kleurtje op het houtwerk, was de oude kamer niet meer te herkennen. Emma had daar, in haar eentje en met tranen in haar ogen, afscheid genomen van het verleden.

En nu resideerde Thijmen er dus. Een nieuw lid van de familie, het bewijs dat de maalstroom van het leven alsmaar verderging. Ondanks alles wat er aan zijn komst vooraf was gegaan, was Bianca dolblij met haar jongetje. Als dat ongeluk destijds niet was gebeurd zou zij nooit zo uit de band gesprongen zijn en was Thijmen nooit geboren. Voor haar gevoel vormde hij daardoor een levende schakel met haar zusje.

Glimlachend keek ze toe hoe zijn oogjes langzaam dichtvielen en hij in een diepe slaap verzonk. Het was een heftige periode geweest. Als ze zelf haar levensverhaal had mogen schrijven was het nooit zo gelopen, maar ze kon er nu vrede mee hebben. Het was goed zo.

Hand in hand liepen Julian en Dianne over het strand. De zonsondergang die ze net hadden aanschouwd was adembenemend geweest.

'Wat fijn dat ik weer van dergelijke dingen kan genieten,' peinsde Dianne. 'Ik zal dat nooit meer als vanzelfsprekend beschouwen.'

'O jawel,' zei Julian daarop. 'Over een tijdje weet je niet beter meer en vind je het weer heel gewoon. Zo hoort het ook, dat is het leven. Totdat er weer iets anders gebeurt waardoor je met je neus op de feiten wordt gedrukt.'

'Als het dan maar niet zoiets ingrijpends is als nu het geval was,' wenste Dianne.

Onwillekeurig gingen haar gedachten terug naar de zwartste avond van haar leven en de donkere periode daarna, zoals zo vaak. Het was onmogelijk om die gebeurtenissen te vergeten, dat had ze geaccepteerd. Ze zou het altijd mee blijven dragen. Hoe mooi haar levensverhaal ook opgetekend zou worden, de zwarte vlek daarin zou niet verdwijnen. Daarna werden de pagina's echter fleuriger, met soms nog een grijze bladzijde. Die laatste zouden echter steeds minder worden en uiteindelijk helemaal niet meer voorkomen, hoopte ze. Het was nu zaak om vooruit te blijven kijken. Moeilijk, maar het lukte haar steeds beter. Vooral het feit dat er weer een redelijk contact mogelijk was met Emma en Leo had haar daar enorm mee geholpen. De vertrouwdheid van vroeger kwam echter nooit meer terug en Emma zou nooit meer speciaal voor haar een appeltaart bakken.

'Waar denk je aan?' vroeg Julians stem uit het donker.

'Aan Emma's appeltaart,' antwoordde Dianne naar waarheid.

Ze voelde meer dan dat ze zag dat zijn mond open zakte van verbazing. Het was ook een dwaas antwoord, realiseerde ze zich. Zeker voor iemand die daar de fijne achtergronden niet van wist. Dat zou ze hem nog wel eens vertellen, bedacht ze met een glimlach.

'Ik hoopte eigenlijk dat je aan mij zou denken,' zei Julian.

'Ik denk altijd aan jou,' flapte Dianne eruit.

Plotseling hield hij stil en pakte hij haar bij haar schouders vast. Zijn ogen waren nu zo dicht bij de hare dat ze zijn gevoelens erin kon lezen. Een warm gevoel stroomde door haar lichaam heen. Hier had ze op gewacht. Ze had geweten dat dit moment ooit zou komen en had zich erop verheugd. Tegelijkertijd was ze blij dat dit niet eerder gebeurd was, dat hij gewacht had tot ze er klaar voor was en zich er volledig aan over kon geven.

'Dianne, ik houd van je,' klonk zijn stem gesmoord. 'Is er een kansje dat...?'

'Sst.' Met een glimlach legde ze haar vinger tegen zijn

lippen. 'Natuurlijk houd ik ook van jou. Hoe zou ik niet van je kunnen houden na alles wat je voor me gedaan hebt?'

Hij verstrakte in haar armen. 'Ik wil je liefde, niet je dankbaarheid,' zei hij stug.

'Zo bedoelde ik het niet. De manier waarop jij me hebt opgevangen, me hebt gesteund en me door de ellende heen hebt gesleurd geeft aan hoe jij in het leven staat en wat voor persoonlijkheid je hebt. Van die persoonlijkheid ben ik gaan houden.'

'Dat klinkt een stuk beter.' Met een zucht van opluchting drukte hij haar tegen zich aan. Voor het eerst vonden hun lippen elkaar in een lange, intense kus, daarna liepen ze met de armen om elkaar heen geslagen verder over het inmiddels volledig donkere, verlaten strand.

Ik ben gelukkig, dacht Dianne met verbazing bij zichzelf. Echt gelukkig. Toen ze op de bodem van de put zat, had ze dit nooit kunnen vermoeden, maar het was toch echt waar. Er zat voor haar dus toch een happy end aan het hele trieste verhaal, al bedroeg haar geluksgevoel niet de volledige honderd procent. Dat zou ze nooit meer kunnen bereiken, maar ze zat er wel heel dichtbij. Dichter dan ze ooit voor mogelijk had gehouden.